KAREN DUVE

Grrrimm

W0047222

GOLDMANN
Lesen erleben

Buch

In fünf Geschichten schreibt Karen Duve berühmte Märchen der Brüder Grimm neu und erzählt auf unterhaltsame und originelle Weise ihre eigene Version der beliebten Klassiker. So treffen wir auf einen schlitzohrigen Zwerg, der Schneewittchen nur allzu gerne selbst küssen würde; einen Frosch, der es mit einem Gangsterboss zu tun bekommt; einen von den Gebrechen des Alters geplagten Prinzen, der hundert Jahre auf den erlösenden Kuss wartet, und ein Rotkäppchen, das wegen seiner roten Mütze in der Schule gehänselt wird. Fantasievoll und mit einer großen Portion schwarzen Humors entwirft Karen Duve pointenreiche Geschichten mit Biss – eine wunderbar grrrimmige Hommage.

»Karen Duve gelingt etwas Wundersames:
Sie küsst die Figuren wach.«

db mobil

Weitere Informationen zu Karen Duve
und zu lieferbaren Titeln der Autorin
finden Sie am Ende des Buches.

Karen Duve
Grrrimm

GOLDMANN

Die Originalausgabe erschien 2012
bei Verlag Galiani Berlin,
Verlag Kiepenheuer & Witsch, Köln.

Verlagsgruppe Random House FSC® N001967
Das FSC®-zertifizierte Papier *Holmen Book Cream* für dieses Buch
liefert Holmen Paper, Hallstavik, Schweden.

1. Auflage
Taschenbuchausgabe April 2014
Wilhelm Goldmann Verlag, München,
in der Verlagsgruppe Random House GmbH
Lizenzausgabe mit Genehmigung
des Verlags Kiepenheuer & Witsch GmbH & Co. KG, Köln
Copyright © der Originalausgabe 2012
by Verlag Kiepenheuer & Witsch GmbH & Co. KG, Köln
Umschlaggestaltung: UNO Werbeagentur, München
Umschlagmotiv: Copyright © Kat Menschik
KS · Herstellung: Str.
Druck und Bindung: GGP Media GmbH, Pößneck
Printed in Germany
ISBN: 978-3-442-47967-2
www.goldmann-verlag.de

Besuchen Sie den Goldmann Verlag im Netz

Inhalt

Zwergenidyll

ES WAR MAL WIEDER stockfinster, als wir nach Hause kamen. Grimbold hatte eine kleine Goldader entdeckt und uns ewig im Stollen herumkratzen lassen, weil er glaubte, die Ader müsste noch irgendwo weiterlaufen, aber wie üblich hatte er sich geirrt. Ich frage mich langsam, ob es wirklich ein kluger Brauch ist, wenn immer der Älteste und Verkalkteste in einer Gruppe das Sagen hat. Jedenfalls, wir kommen heim, und bei dem mickrigen Licht der Grubenlampen bemerken wir nicht gleich, dass außer uns noch jemand im Haus ist. Also setzen wir uns an den Tisch. Hungrig.

»He«, sagt Bertil, »wieso ist mein Becher nur halb voll? Ist das jetzt die neueste Sitte, dass der, der am härtesten arbeitet, am wenigsten zu trinken kriegt?«

Und »Verdammtnochmal«, ruft der Venetianer, »wer

hat von meinem Brot abgebissen? Das ist doch eine Riesensauerei! Wer hatte eigentlich heute Morgen Tischdienst?«

Hobo hatte Tischdienst, und das ist sein Pech, denn Leute, die gerade vierzehn Stunden unter Tage geschuftet haben, mogen es gar nicht, wenn ihr Abendbrot angefressen ist. Auf allen Tellern fehlt irgendetwas. Und jedes Mal was anderes. Bei mir ist es bloß ein Stück von der Schwarzwurzel. Damit kann ich leben; Wurzel ist sowieso nicht mein Fall. Aber bei Helmerich fehlt die halbe Dauerwurst, und der wird richtig sauer.

Natürlich schwört Hobo Stein und Bein, dass er nichts genommen hat, und natürlich glauben wir ihm nicht, sondern hetzen ihn rund um den Tisch und dann zu den Betten. Dort erwische ich ihn und drehe ihm den Arm auf den Rücken, während Bertil ihm den Kopf auf eine Matratze drückt.

»Ich schneid dir ein Ohr ab«, brüllt Helmerich und hat schon das Messer in der Hand, als Grimbold ruft:

»Aufhören! Da liegt jemand!«

Er hält seine Grubenlampe hoch und beleuchtet das siebte Bett, das als letztes ganz außen an der Wand steht. In dem Bett liegt tatsächlich ein Mädchen. Das Mädchen ist verteufelt schön, und wenn ich sage schön, dann meine ich richtig schön – also, da stimmte alles: Sie war ganz jung, wirklich sehr jung, lange schwarze Haare und schneeweiße Haut und ein Paar Lippen, bei denen man echt auf Gedanken kam. Außerdem hatte sie feine weiße

Hände. Das sah man gleich, dass die noch nie gearbeitet hatte. Sie trug ein blaues und ziemlich schmutziges Kleid mit gelben Litzen und Borten. Und sie lag in meinem Bett. Das siebte Bett ist nämlich meines, nicht nur, weil ich als Letzter dazugekommen bin, sondern auch, weil es das längste ist. Mit einem Meter zweiundvierzig bin ich der Größte von uns sieben. Eigentlich kann man mich kaum noch als Zwerg bezeichnen. Jedenfalls, die kleine Idiotin liegt in meinem Bett und starrt uns so schreckerfüllt an, als hätte sie nie und nimmer damit gerechnet, dass in einem Haus, in dem der Tisch gedeckt und der Wein bereits eingeschenkt ist, irgendwann womöglich auch die Bewohner eintrudeln könnten. Sie fleht uns an, ihr nichts zu tun, und ich weise bei der Gelegenheit die anderen darauf hin, dass es immerhin mein Bett ist, in dem wir sie gefunden haben. Leider muss Grimbold gerade jetzt wieder den Anführer raushängen lassen.

»Fürchte dich nicht, du liebes Mädchen«, sagt er mit seiner weinerlichen Altmännerstimme. »Bei uns wird dir nichts Böses geschehen. Aber sag, wie kommst du hierher?«

Na, vor dem alten Tattergreis brauchte sie sich ganz bestimmt nicht zu fürchten. Jedenfalls, das Mädchen erzählt, dass es sich im Wald verlaufen und schließlich unser Häuschen gefunden hat. Sie sagt tatsächlich »Häuschen«. Geht's noch? Ich meine, wir wissen schon, dass wir klein sind, und dass das hier nicht gerade ein Palast ist. Muss sie es uns auch noch unter die Nase reiben?

»Wie heißt du denn, und wo wohnst du, mein armes Kind«, greint Grimbold. Er hat sich neben sie gesetzt und ihre Hände in seine genommen. Das Kind heißt Schneewittchen. Und dann behauptet sie doch ohne mit der Wimper zu zucken, sie sei eine Königstochter. Ich muss laut lachen, aber die anderen funkeln mich sofort strafend an. Die können es gar nicht abwarten, sich von ihr einwickeln zu lassen.

»Ja, eine Königstochter«, fährt das Schneewittchen unbeirrt fort, und ihre Stiefmutter hätte den Hofjäger beauftragt, sie in den Wald zu führen und dort abzustechen. Der hätte aber Mitleid gehabt und sie laufen lassen.

Respekt! Die Geschichte muss sich erst mal einer einfallen lassen.

Bickerl und der Venetianer schütteln auch ganz betroffen die Köpfe. Doch so schnell lass ich mich nicht ins Bockshorn jagen.

»Sag mal, kennen wir uns nicht aus Molly Weichbrodts Freudenbude«, frage ich so harmlos wie möglich, einfach, um mal auf den Busch zu klopfen. Aber Schneewittchen sieht mich dermaßen verständnislos an, dass ich vor so viel Schauspielkunst erst mal kapitulieren muss. Grimbold schiebt mich zur Seite und salbadert weiter.

»Du hast viel durchgemacht, du armes Kind. Aber wenn du uns den Haushalt führen, für uns kochen und waschen willst, dann kannst du bei uns bleiben, und es soll dir an nichts fehlen.«

Das Schneewittchen stimmt freudig zu, und ich denke,

das beweist dann ja wohl, dass sie gelogen hat. Oder kann sich jemand eine Prinzessin vorstellen, die ohne Wenn und Aber bereit ist, die dreckigen Hemden und Hosen von sieben Männern zu waschen und mit ihnen im selben Haus zu schlafen? Kann mir keiner erzählen.

Mir hätte es nichts ausgemacht, mein Bett mit Schneewittchen zu teilen, aber Grimbold ordnete an, dass ich in dieser Nacht neben Hobo schlafen sollte. Am nächsten Tag haben wir alle zusammen ein neues Bett für sie gezimmert. Das hat dann neben der Feuerstelle gestanden, und Grimbold hat noch einen Teppich davorgehängt. Danach sind wir wieder jeden Tag ins Bergwerk gegangen. Schneewittchen hat währenddessen geputzt und unsere Sachen geflickt und für uns gekocht – richtiges warmes Essen, Brei und Suppe und so 'n Zeug. Und die Hütte hat geblitzt! Ist doch was anderes, wenn 'ne ordnende, weibliche Hand im Haus ist.

So ist das erst mal ein paar Wochen gegangen. Alle waren viel besser gelaunt als je zuvor, und während wir die Steine aus dem Stollen hackten, haben wir die ganze Zeit von Schneewittchen gesprochen. Wie hübsch und lieb sie war und was sie jetzt wohl gerade tat und was wir ihr schenken wollten, wenn wir nur endlich wieder auf eine große Goldader stoßen würden. Ich weiß nicht, wie es den anderen ergangen ist, aber mich hat das verrückt gemacht, immer bloß von Schneewittchen zu reden. Ich meine, man kann doch nicht nur für die Zukunft leben und davon träumen, eines Tages genug Gold zu finden. Man muss sich auch einfach mal an dem freuen, was man bereits hat. Da robbten wir Tag für Tag durch den engen, dreckigen Stollen, und zu Hause saß dieses wunderschöne Ding herum und langweilte sich zu Tode.

Also krieche ich eines Tages zu Grimbold rüber und sage, ich hätte Bauchschmerzen, ziemlich schlimm, und dass ich zu Schneewittchen gehe, damit sie mir einen Kräutertee aufbrüht.

Wie ich zu Hause ankomme, riecht es nach Essigwasser. Schneewittchen ist gerade dabei, die Fenster zu putzen. Sie kocht mir den Sud, und ich setze mich mit meinem Becher aufs Bett und schaue ihr beim Putzen zu. Schneewittchen ist nicht sehr viel größer als ich. Sie tunkt den Lappen in den Eimer, und dann reckt sie sich und wischt die oberen Vierecke im Fenster. Sie steht im Sonnenlicht, Staubpartikel flirren um sie herum, und ihr neuer roter Rock, für den wir alle zusammengelegt haben, rutscht ihr beim Putzen fast bis zum Knie hoch, und ihr Hintern wippt im Takt der Wischbewegungen. Ich merke gleich, die legt es darauf an. Ich lass sie aber erst mal zappeln und trinke ganz in Ruhe meinen Tee zu Ende. Dann stelle ich den Becher auf den Boden und schleiche mich an sie heran, bis ich direkt hinter ihr stehe.

»Schneewittchen«, sage ich, und sie erschreckt sich so,

dass sie fast ins Fenster fällt und ich sie festhalten muss. Das Wasser im Eimer schwappt.

»Nun mal langsam, Prinzessin«, sage ich. »Ich wollte dich ja bloß darauf aufmerksam machen, dass dein Miederband offen ist.«

Natürlich ist ihr Mieder vollkommen in Ordnung. Aber da es auf dem Rücken geschnürt wird, kann sie das nicht sehen. Ist ein guter Trick. Sag einer Frau, dass sie einen schwarzen Fleck am Kinn hat oder dass ihr Lippenrot verschmiert ist, und sofort wird sie unsicher, fummelt sich im Gesicht herum, und du bist obenauf und bestimmst, wie es weitergeht.

»Soll ich es dir zuschnüren?«, frage ich.

Sie errötet prompt – also wenn eine fällig ist, dann sie – und haucht: »Ja, wenn du so freundlich sein willst.«

Ich mache mich also an ihrem Mieder zu schaffen. Und da es da nichts zuzuschnüren gibt, binde ich es ganz gemütlich auf. Es dauert eine Weile, bis sie mitkriegt, was ich da tue. Aber dann ist plötzlich die Hölle los. Sie faucht wie eine Katze und springt mir beinahe ins Gesicht. Dabei kreischt sie, ob ich wahnsinnig sei, und nennt mich einen hässlichen Gnom und eine Missgeburt.

»Bind es zu!«, kreischt sie. »Bind es sofort wieder zu! Ich werde Grimbold sagen, was du getan hast.«

»Ach ja«, antworte ich, »willst du ihn dann auch eine Missgeburt nennen? Das hast du ja gerade sehr deutlich gemacht, was du eigentlich von uns hältst.«

Jetzt sitzt sie schön in der Patsche. Wenn sie petzt,

petze ich auch. Grimbold ist schließlich noch kleiner als ich. Und prompt macht sie auf Prinzessin, schaut über mich hinweg und sagt in einem ganz unangenehmen Befehlston: »Schnür mir sofort das Mieder wieder zu, aber wage es ja nicht, mich dabei anzufassen.«

Sie dreht mir den Rücken zu, und ich nehme das Band und fädele es wieder durch die Ösen – ohne sie zu berühren – und ziehe stramm.

»Fester«, sagt sie. »Was hast du dir eigentlich eingebildet? Los doch, du musst fester ziehen. Nun mach schon – oder bist du dafür zu schwach?«

Und da habe ich eben fester gezogen. Richtig fest. Sie japste nach Luft und warf die Arme hoch und wollte sich zu mir umdrehen. Aber ich habe ihr meinen rechten Fuß in den Rücken gestemmt und noch fester gezogen. Und dann habe ich einen doppelten Knoten gemacht und sie mit dem Fuß von mir gestoßen. Ich war aber auch stinkwütend. Wie sie dann so totenblass und mit blauen Lippen auf dem Boden lag und sich nicht mehr rührte, habe ich einen Riesenschreck bekommen. Ich meine, ich wollte sie ja nicht umbringen. Ich war bloß so wütend. Also habe ich mich hingekniet und versucht, den Knoten wieder aufzumachen. Aber meine Finger sind von der Arbeit im Bergwerk voller Schwielen und Narben, und der Knoten war verdammt stramm zugezogen. Schließlich schnitt ich ihn einfach mit meinem Messer durch. Da geht die Tür auf und Grimbold, Bickerl, Hobo und der Rest drängen herein. Sie sind mir nachgelaufen. Unglaublich!

Seit über zwei Jahren arbeite ich nun schon mit ihnen zusammen. Da kann man doch wohl ein Mindestmaß an Vertrauen erwarten.

»Was ist passiert?«, ruft Grimbold und alle stürzen zu Schneewittchen und knien sich auf den Boden.

»Ist sie tot?«

»Oh, nein!«

»Schneewittchen!«

»Sie ist doch nicht tot?«

»Ich weiß es nicht«, sage ich. »ich habe sie so gefunden. Ich denke, es ist am besten, wenn wir erst mal das Mieder aufmachen, damit sie mehr Luft bekommt.«

Ich ziehe das Band aus den Ösen, und in diesem Moment kehrt ein klein wenig rote Farbe in Schneewittchens Lippen zurück, und sie macht einen tiefen, keuchenden Atemzug.

»Sie lebt!«

»Schneewittchen lebt.«

Alle schreien durcheinander, und ich nehme Schneewittchen schnell auf meine Arme und trage sie zu ihrem Bett. Ich schaue in ihr Gesicht, ob sie schon wieder ganz bei sich ist, und ihre Augen bohren sich hasserfüllt in meine. Sie hat schwarzbraune Augen.

Wie ein Tier.

»Ein Wort zu den anderen, und ich sage Grimbold, dass du uns alle als Missgeburten bezeichnet hast«, flüstere ich ihr ins Ohr, während ich sie sanft auf ihr Bett lege. Jetzt schart sich die ganze Bande um sie. Grimbold stützt ihr den Rücken, und Hobo hält ihr einen Becher Wasser an den Mund. Schneewittchen trinkt in kleinen Schlucken, und ich nutze den Augenblick, in dem alle Augen auf sie gerichtet sind, um meinen eigenen Becher, der immer noch auf dem Boden steht, mit dem Fuß unter mein Bett zu schieben.

»Was ist passiert?«, frage ich mit unschuldigem Augenaufschlag, als Schneewittchen zu Ende getrunken hat.

»Ich weiß nicht«, sagt Schneewittchen langsam und sieht mich dabei direkt an, »da war eine alte Krämerin an der Tür und hat Schnürriemen feilgeboten. Da habe ich sie hereingelassen, und die Alte sprach zu mir: ›Wie du aussiehst. Ich will dich einmal ordentlich schnüren.‹ Aber dann schnürte sie mich so fest, dass mir der Atem verging. Von da an weiß ich nichts mehr.«

Die Geschichte ging ihr glatt von der Zunge. Sie war einfach eine geborene Lügnerin. Der treudoofe Grimbold stieg auch sofort darauf ein.

»Die alte Krämerfrau war niemand anders als die gottlose Königin, die dir schon einmal nach dem Leben trachtete«, jammerte er. »Hüte dich, und lass fortan keinen Menschen herein, wenn wir nicht bei dir sind.«

Das Leben ging wie gewohnt weiter, das heißt, Schneewittchen putzte, kochte, buk und wusch, und wir wühlten in der Erde. Leider wurde die Ausbeute von Tag zu Tag schlechter. Grimbold überlegte schon, ob wir unseren Stollen aufgeben und uns wieder in einem fremden

Bergwerk verdingen sollten. Die Bezahlung dort war allerdings katastrophal schlecht, weil man inzwischen fast überall Kinder arbeiten ließ, die man mit ein paar Kreuzern abspeisen konnte. Ich bot an, das Problem auf meine Art zu lösen und den kleinen Scheißern richtig Angst einzujagen, um den Weg für uns frei zu machen, aber davon wollte der ehrpusselige Grimbold nichts wissen. Also fraßen wir weiterhin den ganzen Tag Dreck, um am Ende eines Tages mit einem kleinen Amethyst oder zwei winzigen Goldgraupen nach Hause zu kommen. Der einzige Lichtblick war Schneewittchen, die jeden Abend auf uns wartete und aus einer Handvoll Linsen und einem Knochen immer noch ein prächtiges Abendessen zu zaubern verstand. Sie versuchte, sich nichts anmerken zu lassen und mich wie die anderen zu behandeln, aber da war natürlich ständig eine Spannung zwischen uns.

Ja, und dann fand ich diesen dicken, fetten Goldklumpen. Grimbold hatte uns angewiesen, jeweils zu zweit Seitenstollen zu hauen, und zum ersten Mal war eine seiner Ideen gut gewesen. Ich klopfte mit Bertil zusammen, und Bertil schob gerade den Karren mit dem Schutt nach draußen, als mir plötzlich dieser Goldklumpen entgegenkullerte. Er funkelte und schimmerte im Licht meiner Grubenlampe, es musste unglaublich reines Gold sein. Ich hörte den Karren zurückrattern und steckte den Klumpen schnell in mein Hemd.

»Mir ist schlecht«, sagte ich zu Bertil. »Ich muss an die frische Luft. Sag den anderen nichts, die machen sich sonst bloß über mich lustig. Wahrscheinlich geht's mir gleich besser, und ich bin im Handumdrehen zurück. Falls nicht, treffen wir uns zu Hause.«

Kaum war ich draußen, rannte ich so schnell ich nur konnte zu Schneewittchen. Aber ich kam nicht ins Haus. Sie hatte die Tür abgesperrt. Als ich klopfte, machte sie nur ein Fenster auf.

»Grimbold hat gesagt, ich soll niemanden hereinlassen«, keifte sie, »und das gilt ganz besonders für Leute wie dich.«

Ich zog den Goldklumpen aus meinem Hemd.

»Schau dir das an«, sagte ich, »damit kann ich uns ein eigenes Haus bauen, ein richtiges, großes, nur für uns beide.«

»Das Gold gehört dir nicht allein«, erwiderte Schneewittchen besserwisserisch, »es gehört euch allen zusammen.«

»Bevor die anderen vom Stollen zurück sind, können wir schon längst über sieben Berge sein.«

»Das sieht dir ähnlich«, sagte Schneewittchen, »die anderen für sich schuften lassen und dann ganz allein mit der Ausbeute weglaufen. Dass du dich nicht schämst. Du bist wirklich ein Wicht.«

Ich wurde wieder so wütend. Ich weiß, das ist ein Fehler von mir, dass ich meine Wut nicht kontrollieren kann – aber was musste sie mir auch die ganze Freude verderben? Jedenfalls, ich schmeiße den Goldklumpen auf den Misthaufen, und dann schwinge ich mich einfach auf den Blumenkasten und klettere durchs Fenster hinein. Schneewittchen rennt zur Haustür und schiebt den Riegel zurück, aber bevor sie die Tür aufreißen kann, habe ich sie an den Haaren gepackt und zu Boden gerissen. Sie kreischt und wehrt sich mit Händen und Füßen, und ich werfe mich auf sie und packe ihren Kopf mit beiden Händen, und dann küsse ich ihren wundervollen blutroten Mund. Sie kratzt und beißt und windet sich wie eine Natter, aber ich halte sie an ihren schwarzen Haaren fest und küsse einfach weiter. Plötzlich liegt sie ganz still und rührt sich nicht mehr. Ich denke schon, sie hat endlich nachgegeben, da höre ich es auch: Die anderen kommen zurück. Ich kann gerade noch von Schneewittchen herunterkrabbeln, da geht auch schon die Haustür auf, und Grimbold stürmt herein. Bertil und Helmerich hinter ihm her, und dann der Rest der Bande.

»Was geht hier vor«, heult Grimbold und: »Schneewittchen, was hat er dir getan?«

Bertil und Helmerich packen mich und zerren mich hoch.

Schneewittchen, die Haare völlig aufgelöst, richtet sich auf und sieht sich um, als sei sie eben erst aus einem tiefen Schlaf erwacht.

»Oh, Grimbold, verzeih mir«, sagt sie zu meiner allergrößten Überraschung, »verzeiht mir, meine guten Freunde, aber ich habe euren Rat nicht befolgt und wieder die Tür geöffnet.«

Und dann gibt sie, ohne mit der Wimper zu zucken, eine haarsträubende Lügengeschichte zum Besten, nämlich dass abermals ein altes Weib – ein anderes diesmal – angeklopft und Ware feilgeboten hätte.

»Ich öffnete bloß einen Spalt und sagte ihr, dass sie nur weitergehen solle, weil ich niemanden hereinlassen dürfe. Da zeigte sie mir einen Kamm und meinte: ›Das Ansehen wird dir doch erlaubt sein.‹ Ach, und dann gefiel mir der Kamm so gut, dass ich die Alte hereinließ und fragte, was er kosten solle, und als wir uns einig waren, sagte sie: ›Nun will ich dich einmal ordentlich kämmen.‹ Von da an weiß ich nichts mehr. Und wenn Nag nicht den Kamm gefunden und wieder herausgezogen hätte ... – wer weiß, ob ich noch leben würde.«

Mit offenem Mund starre ich auf den Kamm, den ich tatsächlich in der Hand halte. Ich muss ihn ihr bei unserem Kampf aus den Haaren gerissen haben. Wie ich schon sagte: Sie ist eine geborene Lügnerin.

»War es so?«, fragt Grimbold. Ich schlucke und nicke.

»Ja. Als ich im Stollen war, überkam mich plötzlich so eine böse Ahnung, und ich dachte mir, wenn ich euch etwas davon sage und ich habe mich geirrt, steh ich schön dumm da. Am besten, ich laufe schnell allein nach Hause und sehe nach dem Rechten.«

»Ich muss dich um Entschuldigung bitten«, sagt Grimbold, »wir hatten dich in falschem Verdacht.«

Auch die Übrigen wollen mir anerkennend auf die Schulter klopfen, aber ich bleibe unzugänglich. Schlimm, wenn einem nicht mal die eigenen Freunde vertrauen. Schneewittchen wird von Grimbold noch einmal verwarnt, auf der Hut zu sein und nun aber gewiss niemandem mehr die Tür zu öffnen.

»Ich verstehe sowieso nicht, warum du unbedingt diesen Kamm kaufen musstest. Für mich sieht er haargenau so aus wie der, den du sonst immer trägst. Bickerl soll ihn im Wald vergraben.«

Am nächsten Morgen nahm ich den Goldklumpen heimlich wieder mit in den Stollen, tat ihn an seine alte Stelle und rief dann die anderen zusammen, um ihnen meinen Fund zu zeigen. Na, da waren natürlich alle aus dem Häuschen. Grimbold befahl sofort, dass wir an dieser Stelle weiterhacken sollten, und wir stießen tatsächlich auf eine richtig große Goldader. Es war gar nicht abzusehen, wie weit sie noch in den Berg hineinreichen würde. Jedenfalls genug, um uns alle sieben reich zu machen. Die Taschen voller Goldkörner und aufgekratzt wie kleine Kinder liefen wir ins Dorf hinunter, wo Grimbold als Erstes ein Pferd mit Wagen erstand, womit wir dann alle in die Stadt fuhren. Dort ging Grimbold doch tatsächlich zur Frau des Bürgermeisters und handelte ihr eines ihrer Kleider ab. Es war aus weißem Brokat und grünem Samt und mit Goldfäden bestickt. Ich ärgerte mich, dass ich nicht auf diese Idee gekommen war. Aber dann entdeckte ich in einem Geschäft ein Armband, an dem eine kleine silberne Eule hing, und kaufte das. Helmerich kam mit Schinken und Würsten und einem ganzen Fass Branntwein an. So zogen wir mit unserem Wagen und den Geschenken wieder nach Hause. Schneewittchen sah fabelhaft aus in dem Kleid der Bürgermeisterin, beinahe konnte man ihr die Prinzessin jetzt glauben. Sie trug auch das Armband, das ich ihr mitgebracht hatte, und schnitt den Schinken auf und schenkte uns Branntwein ein. Auch sich selber. Wir redeten alle durcheinander und machten Pläne, wie das Haus zu verbessern sei oder ob man nicht gleich ein ganz neues bauen sollte, in dem jeder sein eigenes Zimmer hätte. Und zwei Zimmer für Schneewittchen.

»Und eine Magd, die alle Arbeit macht, damit Schneewittchen sich immer ausruhen kann«, rief Hobo.

»Aber bei Tisch will ich euch weiterhin bedienen. Das lass ich mir nicht nehmen«, sagte Schneewittchen und küsste ihn auf die schmierige Wange. Und dann lächelte sie mich an, als wäre zwischen uns überhaupt nichts vorgefallen. Weiß der Teufel, was in ihrem komischen kleinen Kopf vorging.

In den folgenden Tagen versuchte ich immer wieder, mit ihr zu sprechen. Ich wollte ihr sagen, dass es mir leidtat, dass ich so über sie hergefallen war – auch wenn das natürlich nie passiert wäre, wenn sie mich nicht so geärgert hätte. Und ich wollte ihr danken, dass sie mich nicht verraten hatte. Ja, das wollte ich. Aber es gab nicht eine einzige Gelegenheit, mit ihr allein zu sprechen. Immer wuselte einer der anderen um sie herum – Schneewittchen hier, Schneewittchen da, Schneewittchen darf ich für dich das Geschirr abtrocknen, während du abwäschst, Schneewittchen darf ich dir beim Wäscheaufhängen helfen, Schneewittchen guck mal, was ich dir aus der Stadt mitgebracht habe ... Ich kam einfach nicht zum Zug. Also wartete ich, bis wir wieder im Stollen waren, und dachte mir einen Vorwand aus, um vor den anderen nach Hause gehen zu können und Schneewittchen allein zu treffen. Aber als ich Bauchschmerzen vortäuschte, kroch der Venetianer mit mir zusammen an die Luft.

»Lass man«, sagte ich. »Ich brauch keine Hilfe. Ich lege mich einfach ins Bett.«

Grimbold kam jetzt ebenfalls aus dem Stollen.

»Lasst doch«, sagte ich verzweifelt, »ich habe bloß Bauchschmerzen. Lasst mich allein gehen.«

»Nichts da«, rief Grimbold, »wenn du wieder eine böse Vorahnung hast, dann kommen wir alle mit.«

Ich konnte mich drehen und winden, sie ließen sich nicht abwimmeln. Am Ende sind wir zu siebt zu Schneewittchen gegangen. Es war völlig lächerlich, aber was sollte ich machen. Ich konnte nur hoffen, dass die ganze Bagage wieder verschwinden würde, wenn sie sahen, dass mit Schneewittchen alles in Ordnung war.

Leider war aber überhaupt nichts in Ordnung. Als wir den Hügel herunterstapften, sahen wir bereits von Weitem, dass die Haustür offen stand. In diesem Moment ließen wir unsere Hacken fallen und begannen zu laufen und liefen ohne einmal innezuhalten zum Haus. Schneewittchen lag auf dem Boden und atmete nicht mehr. Ihr Gesicht war weiß wie ein Laken. Helmerich, Grimbold und Hobo schnitten ihr das Miederband auf und Bickerl nahm alle Kämme aus ihrem Haar. Sie glaubten mehr denn je an die Geschichte von der bösen Stiefmutter, die Schneewittchen nach dem Leben trachtete, und dachten, sie müssten jetzt bloß irgendeinen Fremdkörper finden und entfernen, und Schneewittchen würde wieder zum Leben erwachen. Gegen Abend hörten sie endlich auf zu suchen, und wir zogen Schneewittchen aus, um sie zu waschen. Es war das erste und einzige Mal, dass wir sie nackt sahen, und keiner von uns sagte ein Wort. Anschließend zogen wir ihr das Kleid der Bürgermeisterin an, kämmten sie und flochten ihr die Haare, so gut wir das eben konnten. Als sie da so mit gefalteten Händen auf dem Tisch lag und so schön war und aussah, als könnte sie jeden Moment aufstehen, um eine Suppe für uns zu kochen oder unsere Socken zu stopfen, ging mir das ganz schön an die Nieren. Ich hatte Angst, dass ich gleich zu heulen anfangen würde, und darum sagte ich zu Bertil, er solle mit mir ins Dorf hinunterfahren, um einen schönen Sarg aufzutreiben. Beschäftigung hilft immer.

Es war längst dunkel, als wir ins Dorf kamen, aber das war uns gerade recht. Wir wollten nicht, dass uns einer sah und vielleicht noch nach Schneewittchen fragte. Wir fuhren zum Tischler, doch der Mann, den wir herausklingelten, sagte, er wäre Glasmacher, der Tischler schlafe in der Stadt, weil er täglich in dem neuen Dom zu tun hätte. Stattdessen wohne jetzt er – der Glasmacher – hier für die nächste Zeit, weil er die Werkstatt brauche, um die Kirchenscheiben zu fertigen. Aber er glaube, er hätte noch irgendwo einen frischen Sarg herumstehen sehen. Und da hatte ich die Idee.

»Kannst du uns einen Sarg ganz aus Glas fertigen«, fragte ich. »Wir zahlen mit Gold.«

Bei dem Wort Gold wurde der Glasmacher wach. Nachdem er uns auseinandergesetzt hatte, dass die Sache nicht gerade billig werden würde, und wir ihm auseinandergesetzt hatten, dass uns das völlig egal war, drückte er jedem von uns ein großes Bündel Bleiruten in den Arm, schnappte sich eine Kiste mit Glasscherben und brachte uns zum Schmied. Der Schmied erhitzte mehrere Eisenstäbe im Feuer, und der Glasmacher schlug und brach die bunten Scherben, die eigentlich für die Kirchenfenster gedacht gewesen waren. Anschließend bog er die Bleiruten um das Glas, und der Schmied drückte seine heißen Eisenstäbe auf die Stellen, wo sich zwei Bleiruten berührten, und verschmolz sie miteinander. Die beiden arbeiteten die ganze Nacht durch. Zweimal brach eine Scherbe, während sie das Bleigerüst in die Form eines Sarges zu biegen versuchten, und der Glasmacher musste fluchend eine neue einpassen. Bertil und ich halfen, wo wir konnten, hielten das Feuer in Gang, fegten die Glassplitter weg, schleppten Wasser, holten neue Scherben und neue Bleiruten, und waren froh, dass wir etwas zu tun hatten. Und am Ende stand vor uns ein gläserner Sarg mit einem gläsernen Deckel. Dort aber, wo der Deckel über Schneewittchens Kopf liegen würde, hatte der Glasmacher ein besonders schönes und großes Glas eingesetzt, das beinahe vollkommen farblos und ganz und gar durchsichtig war.

Allmählich bekam er wohl selber Geschmack an seiner Arbeit.

»Wie wäre es noch mit einer Inschrift im Deckelrand?«, fragte er. »Vielleicht aus rotem Glas? Ich habe drüben noch rote Splitter liegen?«

»Nein«, sagte Bertil, »die Inschrift soll aus purem Gold sein.«

»Und was soll da geschrieben stehen? Der Name?«

»Schreib: Schneewittchen, eine Königstochter«, sagte ich. Und so wurde es dann auch gemacht.

Am späten Morgen polsterten wir unseren Wagen mit Stroh, packten den gläsernen Sarg darauf und fuhren wieder heim. Wir legten Schneewittchen hinein und trugen den Sarg auf einen kleinen Hügel. Einer nach dem anderen beugte sich über den Sarg, um Schneewittchen noch einmal ins Gesicht zu schauen, und dann knieten wir uns um sie herum und beteten. Grimbold, Helmerich, Hobo und der Venetianer weinten. Am Nachmittag saßen wir immer noch so da. Keiner von uns hatte den Vorschlag gemacht, sie zu begraben. Sie sah einfach so frisch und lebendig aus, dass wir uns gar nicht vorstellen konnten, sie in die kalte, dunkle Erde herunterzulassen. Aber natürlich war uns auch klar, dass wir nicht mehr allzu lange damit warten durften. Schließlich war Sommer.

Plötzlich näherten sich fünf Reiter, ein junger Adliger mit seinen Jägern. Sie lachten und schwatzten, als wäre hier nicht ganz eindeutig eine Trauergemeinde versammelt, und ihr Anführer, der einen feisten, aufgeputzten Schimmel ritt, rief herauf, ob es bei uns den gläsernen Sarg zu bewundern gäbe, von dessen Existenz er unten im Dorf gehört habe. Grimbold wischte sich die Tränen aus dem Gesicht und zeigte auf Schneewittchen. Der junge Fant stieg am Fuße des Hügels ab und kletterte zu uns herauf – nicht ohne seinen Jägern vorher zuzugrinsen. Anderer Leute Unglück war ihm bloß Unterhaltung. Seine Jäger kicherten miteinander und flüsterten so laut, dass wir sie deutlich verstehen konnten: »Es sind alles Zwerge, sieben Stück, … habt ihr das bemerkt?«

»Schick ihn weg«, flüsterte ich Grimbold zu, aber Grimbold flüsterte zurück: »Es ist der Prinz, hast du das nicht gesehen? Wir können ihm gar nichts verbieten.«

Der Prinz ging auf den Sarg zu, beugte sich geziert vor und las die Inschrift.

»Oha«, sagte er und drehte sich zu seinem Gefolge um. »Hier steht, sie war eine Königstochter.«

Worauf sie allesamt lachten, die dummen Schweine. Dann schaute der Prinz durch das Glas auf Schneewittchen herunter, sah ihre große Schönheit und lachte nicht mehr. Er ließ sich – ganz große Geste – auf eines seiner Knie nieder und sagte zu Grimbold:

»Lasst mir den Sarg mit dem schönen Mädchen darin, ich will euch dafür geben, was ihr haben wollt. Nehmt meinen Schimmel, meinen pelzbesetzten Mantel und alles Gold, das ich bei mir trage, aber lasst mir das Schneewittchen.«

»Kommt ja überhaupt nicht in Frage«, rief ich, bevor Grimbold antworten konnte, und auch Bertil erwiderte missmutig:

»Wir brauchen kein Gold.«

Da sagte der Prinz: »So schenkt mir den Sarg, ihr guten Zwerge, denn ich kann nicht leben, ohne Schneewittchen zu sehen. Ich will es in Ehren halten wie mein Liebstes.«

Also unverschämter ging es ja wohl nicht.

»Nein, auf gar keinen Fall«, sagte Bertil, und ich stimmte ihm zu. Aber der Prinz hörte nicht auf zu betteln und zu flehen. Er vergoss sogar Tränen. Von einer stillen Trauerfeier konnte nicht mehr die Rede sein. Alles drehte sich plötzlich nur noch um den Prinzen. Ich hätte ihm am liebsten vor die Füße gespien. Schließlich sagte Grimbold, dass wir uns zur Beratung ins Haus zurückziehen würden.

»Wir müssen ihm den Sarg geben«, meinte er dort, »er könnte es uns jederzeit befehlen, und wir dürften uns nicht widersetzen. Lasst ihn Schneewittchen mitnehmen, solange er uns noch darum bittet. Wenn er uns erst zwingt, wird es noch schwerer zu ertragen sein.«

»Das könnt ihr nicht machen«, rief ich. »Der Kerl ist krank. Er will uns eine Leiche abkaufen. Ich möchte mir überhaupt nicht vorstellen, was er mit ihr vorhat.«

»Er will sie nur ansehen«, sagte Grimbold gutgläubig. »Außerdem wird sie morgen schon anfangen zu riechen, und dann wird auch er sie begraben wollen. Wahrscheinlich kann er ihr ein viel schöneres Grab schaffen, als wir das je könnten. Am Königshof gibt es doch Steinmetze und solche Leute.«

»Aber er kennt sie überhaupt nicht«, schrie ich. »Schneewittchen hat mit uns zusammengelebt. Sie gehört zu uns und soll bei uns begraben sein. Er ist hier doch bloß heraufgeritten, um sich einen Glassarg anzuschauen.«

»Wer ist dafür, dass der Prinz Schneewittchen mitnehmen darf«, fragte Grimbold, und alle außer mir und Bertil hoben die Hand.

»Gut«, sagte ich, »tut, was ihr nicht lassen könnt. Aber wenn ihr ihm Schneewittchen mitgebt, dann bin ich morgen auch weg.«

Gemeinsam traten wir wieder vor die Tür, und Grimbold gab unsere Entscheidung bekannt. Der Prinz hieß seine Jäger absitzen und uns die Pferde übergeben. Dann mussten sie junge Bäume schlagen und daraus Stangen hauen, auf denen sie den Sarg auf ihren Schultern davontrugen. Der Prinz ritt auf seinem Schimmel nebenher. Davon, dass er sein hohes Ross uns überlassen wollte, war plötzlich nicht mehr die Rede. Jedenfalls, sie sind nur wenige Lachter weit gekommen, da stolpert einer der Jäger schon über einen Strauch. Beinahe fällt der Sarg zu Boden. Die anderen drei können ihn gerade noch halten. Sie setzen ihn ab, um die Stangen neu zu ordnen, und plötzlich fängt einer der Jäger an zu gestikulieren und zu winken. Ich renne sofort los und stehe neben dem Sarg, noch bevor der Prinz von seinem fetten Schimmel gestiegen ist. Die Jäger haben den Deckel bereits abgehoben und starren auf Schneewittchen wie auf ein Gespenst. Sie bewegt sich, sie lebt! Aber ihr Gesicht ist zu einer Grimasse verzogen, und sie scheint an etwas zu würgen. Ich greife ihr einfach in den Mund und ziehe ihr ein Stück Apfel aus dem Hals. Schneewittchen hustet und schlägt die Augen auf.

»Ach Gott, wo bin ich?«

Sie sieht mich an, und ich streiche ihr die Haare aus dem Gesicht.

»Du bist bei mir«, sagt der Prinz, der plötzlich auch da ist. Als wäre damit die Sache vollständig erklärt. Schneewittchen wendet sich ihm zu und hat mich im selben Augenblick vergessen. »Ich habe dich lieber als alles auf der Welt«, sagt der Prinz. »Komm mit mir in meines Vaters Schloss, du sollst meine Gemahlin werden.«

Er hebt Schneewittchen auf sein Pferd und steigt hinter ihr auf. Er fasst mit einem Arm die quastenbesetzten Zügel, und mit dem anderen hält er sie um die Taille fest. Ich will etwas sagen, damit Schneewittchen wieder absteigt.

Aber von da oben sieht sie einfach über mich hinweg. Ich reiche ihr gerade mal bis zu den Schuhen. Sie erinnert sich nicht daran, dass es mich gibt, sie weiß nicht, dass ich sie gewaschen und eingekleidet habe. Sie hat uns alle vergessen und sieht nur den Prinzen an, und der ist groß und gerade gewachsen und hat blonde Locken bis auf die Schultern und trägt parfümierte Kleidung und ist eben ein Prinz. Und Schneewittchen sagt »ja«. Einfach bloß »ja«. So sind die Weiber!

Tja, und das war's dann. Immerhin sind wir alle sieben zur Hochzeit eingeladen worden. Da kamen sie sich wahrscheinlich noch besonders großherzig vor, sieben Zwerge zu einer königlichen Hochzeit einzuladen. Bertil und ich sind nicht hingegangen. Aber die anderen haben uns brühwarm davon berichtet, auch dass sich angeblich herausgestellt hat, dass Schneewittchen wirklich eine Königstochter ist. Und es war tatsächlich die Stiefmutter, die ihr den vergifteten Apfel angedreht hatte. Die Stiefmutter hatten sie dann auch zu der Hochzeit eingeladen, aber nur, um sie bei der Gelegenheit mit glühenden Pantoffeln zu Tode zu foltern. Es hat eben jeder eine andere Vorstellung davon, was ein gelungenes Hochzeitsfest ausmacht.

Ein Jahr später hat sich der Prinz wieder scheiden lassen. Er ist deswegen sogar bis zum Papst geritten, hat ihm erzählt, er könne nicht bei einer Frau liegen, die wochenlang mit sieben Männern, noch dazu Zwergen, in einer

Hütte im Wald zusammengelebt hätte, das müsste jeder einsehen. Danach war Schneewittchen die Geliebte des jüngeren Bruders des Prinzen, und danach die Geliebte des Oberstallmeisters, und nicht lange, und sie wurde von einem zum anderen weitergereicht. Niemand weiß, wo sie gerade steckt.

Was die Goldader betrifft, die wir entdeckt haben, so scheint sie schier unerschöpflich zu sein. Wir sind jetzt steinreich. Grimbold hat nicht mehr viel davon gehabt. Als die königliche Scheidung durch war, ist ihm vor lauter Kummer um Schneewittchen das Herz gebrochen. Wir haben den Glassarg aus dem Schuppen geholt und Grimbold darin beerdigt. Danach bin ich zu unserem neuen Anführer gewählt worden. Hobo und dem Venetianer hat das nicht gepasst, und sie haben sich auszahlen lassen und gemeinsam ein Stadthaus gekauft. Die beiden haben ja schon immer auffällig oft zusammengehockt. Aber wir übrigen vier sind weiterhin in unserer kleinen Hütte geblieben, damit jemand da ist, falls Schneewittchen zurückkommen will. Abwechselnd fährt einer von uns durchs Land, um nach ihr zu suchen. Hat bestimmt viel durchgemacht, das arme Kind. Aber wenn sie uns wieder den Haushalt führen, für uns kochen und waschen will, dann kann sie jederzeit zu uns zurückkommen, und es soll ihr an nichts fehlen. Nur, dass ich jetzt hier der Anführer bin und von Anfang an klarstellen werde, was wir erwarten.

Die Froschbraut

OVEMBER IST SCHON fast vorbei. Draußen vor dem Fenster stöbert der Wind in nassem Laub und zerrt an den Zweigen der alten, kahlen Parkbäume. Im grünen Zimmer aber knackt und zischt ein Kaminfeuer. Mein Vater, der Verbrecher, winkt mich zu sich heran, und ich trete an den wuchtigen Schreibtisch mit den Löwentatzen.

»Gib mir den Ball.«

Ich reiche ihm meine goldene Kugel. So ist mein Vater. Die goldene Kugel nennt er einen Ball, meint er mein Springpferd, einen gewaltigen Schimmel, sagt er: das Pony, und als er mir meinen ersten Zobelmantel kaufte, sagte er: Du brauchst eine neue Jacke.

Er fasst die goldene Kugel mit beiden Händen, drückt und dreht, und zu meiner nicht geringen Verblüffung öffnet sie sich und fällt in zwei Hälften. Mein Vater, der Verbrecher, nimmt ein aufgerolltes Papier aus einer Schublade. Er knickt die Rolle, die von einer roten Schnur zusammengehalten wird, und stopft sie in die leichte Höhlung der einen Kugelhälfte. Dann schraubt er die zweite Hälfte darauf und gibt mir die Kugel zurück. Nicht einmal jetzt, da ich doch weiß, dass es eine Nahtstelle geben muss, kann ich sie entdecken. Mein Vater küsst mich auf den Mund.

»Geh in den Garten, jetzt gleich. Und nimm den Ball mit«, sagt mein Vater. Der Wind hat schwarznasses Ahornlaub gegen das Fenster geklatscht. Jeden Moment kann es zu regnen beginnen, aber ich widersetze mich nicht. Niemand wagt es, sich meinem Vater zu widersetzen.

Ein Rabe schreitet durchs Gras und dreht die Blätter um, als wären es Patiencekarten. Ich habe mich in den vorderen Teil des Parks gestellt, dorthin, wo mein Vater mich vom Fenster aus sehen kann. Fröstelnd ziehe ich die Schultern hoch. Das Kleid flattert um meine Beine. Ich lehne mich mit dem Rücken gegen den Wind und beobachte die Allee, die zu unserer Villa führt. Schon funkeln die erwarteten blauen Lichter zwischen den Bäumen. Eine schwarze Limousine und drei Polizeiautos bremsen knirschend im Kies. Männer in Lederjacken springen heraus, laufen zur Haustür, kauern sich mit gezogenen Pistolen unter die Fenster, rennen geduckt zur Rückseite der Villa. Einer läuft auch auf mich zu. Schreiend fliegt der Rabe auf.

»Darf ich einmal sehen?«

Er ist sehr jung, kaum älter als ich. Ich wusste gar nicht, dass es so junge Polizisten gibt. Groß und rothaarig und seine weiße Haut leuchtet vor lauter Rechtschaffenheit. Ich habe noch nie einen so schönen Jungen gesehen. Zögernd überlasse ich ihm die goldene Kugel. Er besieht sie genau, hält sie an sein Ohr, schüttelt sie und gibt sie mir dann zurück.

»Hübsch.«

Der Wind fällt über uns her. Ich muss mir mit beiden Händen die Haare aus dem Gesicht halten. Das hohe Bambusgras am Wegrand neigt sich, versucht, sich wieder aufzurichten, aber die nächste Böe drückt es noch tiefer, und da nickt es gleich viermal: ja, ja, ja, ja.

In der Villa brennen nun sämtliche Lichter. Hinter jedem Fenster bewegen sich Polizisten. Im grünen Zimmer ziehen sie alle Schubladen auf, öffnen die Schränke und wühlen in Papieren. Mein Vater, der Verbrecher, sitzt lässig auf dem Schreibtisch, sieht ihnen zu und raucht eine Zigarette. Ich wende mich ab und gehe ein paar Schritte. Der Rothaarige bleibt an meiner Seite.

»Gibt es vielleicht etwas, das Sie mir erzählen möchten? Etwas, das ich wissen sollte?«

Ich werfe die goldene Kugel hoch und fange sie wieder auf.

»Etwas, das Sie wissen sollten?«, frage ich zurück und sehe ihn an, bis er die Augen senkt und errötet. Trotzdem geht er mir weiter nach.

Wo der Park endet, beginnt der Wald. Dorthin kann mir der hübsche Polizist nicht folgen, denn es ist ein verzauberter Wald. Dinge, die sonst ohne Leben sind, können hier reden oder gefährlich werden, und wer so leichtfertig ist hineinzugeraten, der findet nicht wieder heraus; und wenn er doch wieder hinausfindet, so ist er nicht mehr der, der er einmal gewesen ist. Mir aber kann nichts passieren. Ich bin die Tochter meines Vaters, und mein Vater ist ein so großer Verbrecher, dass er selbst hier gefürchtet wird.

»Bitte, gehen Sie jetzt nicht weg«, sagt der junge Polizist. »Wenn Sie nur wollen, werde ich Ihnen helfen.«

Schon bin ich zwischen den Tannen. Kleine Gestalten sitzen auf den Ästen, baumeln mit den Beinen und flüstern sich gegenseitig etwas ins Ohr. Ich drehe mich noch einmal um. Der rechtschaffene junge Mann wendet sich gerade ab. POLIZEI steht auf dem Rücken seiner Lederjacke. Wie ich gesagt habe, er wagt es nicht, mir zu folgen.

Die Tannenzweige schlagen hinter mir zusammen. Tückische Baumwurzeln schlingen sich um meine Füße, Brombeerranken zerren an meinem Kleid und greifen nach meinen Haaren. Immer tiefer dringe ich in den Wald, die goldene Kugel fest an mich gepresst. Hinter einem Vorhang welker Schlingpflanzen verbirgt sich mein Lieblingsplatz: ein brauner See, der wie ein Auge inmitten von Moosen und Farnen ruht. Große goldene Karpfen ziehen still ihre Runden. Und tief unten auf dem Grund, in unauslotbarer Tiefe, schläft der Seedrache auf seinem Bett aus Schlick und Algen und zuckt im Traum mit den hässlichen Pfoten.

Jetzt, da ich endlich allein bin, setze ich mich auf einen Baumstamm und versuche, die Kugel zu öffnen, wie mein Vater es getan hat. Plötzlich raschelt es im Farn, und jemand setzt sich neben mich. Es ist ein Frosch, ein wahres Prachtexemplar von einem Frosch, leuchtend hellgrün, und vor allem ist er unglaublich groß – groß wie ein Schäferhund. Ich rücke etwas zur Seite und drehe weiter an der Kugel. In diesem Wald wimmelt es von verwunschenem Getier. Wenn ich mich da jedes Mal erschrecken wollte, hätte ich viel zu tun.

Der Frosch streckt eine Schwimmhand aus und sieht mich vorwurfsvoll an. Er hat schöne, geheimnisvolle Bernsteinaugen.

»Weg da, du fieser Glitscher«, sage ich, und er springt mit einem klagenden Quaken in den See. Das Wasser spritzt mir ins Gesicht, ich reiße abwehrend die Hände hoch, und da rollt mir die Kugel aus dem Schoß und rollt in den See hinein. Das Ufer fällt steil ab. Die goldene Kugel versinkt augenblicklich. Niemand weiß, wie tief der See ist, das Wasser ist eisig kalt, und am Grund lauert der Drache. Schrecklicher aber als Drache und unergründliche Tiefe ist mein Vater. Wenn ich ohne die Kugel nach Hause komme … – der Frosch! Er ist meine einzige Hoffnung.

»Frosch, Frosch, komm zurück«, rufe ich. »Du musst mir meine goldene Kugel wiederholen. Oh bitte, lieber

Frosch, wenn du mir nicht die goldene Kugel wieder-bringst ...«

Endlich taucht der Frosch wieder auf. »Was bekomme ich dafür?«, quakt er breit.

»Alles! Was immer du willst. Einen eigenen Teich! Zwei Tümpel, wenn du möchtest. Mein Vater ist sehr reich.«

Er taucht lange, lange – ich gebe ihn schon verloren –, da durchbricht sein hässlicher Kopf die Wasseroberfläche. Im Maul trägt er die goldene Kugel und spuckt sie mir vor die Füße.

»Ich habe drei Wünsche.«

Ich hebe die Kugel auf und laufe davon.

»Sag sie mir später«, rufe ich über die Schulter zurück. Denn jetzt, wo die Kugel wieder da ist, bin ich doch ein bisschen beunruhigt, was so ein Frosch sich alles aus-zudenken vermag.

Weihnachten verbringen wir normalerweise in einer im Ranch-Stil eingerichteten Skihütte meines Vaters in Aro-sa. Dort gibt es immer Schnee. Aber mein Vater hat die Auflage, sich jeden Tag auf der Polizeistation zu melden, und darf die Stadt nicht verlassen. Also bleiben wir in der Villa. Und als läge selbst das in der Macht meines Vaters, hat es diesmal auch bei uns geschneit.

Am ersten Weihnachtstag – die peruanische Köchin trägt gerade die Krebssuppe auf – läutet es an der Tür. Der Butler hat frei, und darum öffne ich selbst. Der frisch gefallene milchweiße Schnee glitzert und funkelt im Licht der Parklaternen. Eine seltsam breite Spur, als hätte jemand etwas geschleift, zieht sich den Weg entlang bis zur Haustür. Ich senke den Blick, und da sitzt der Frosch. Seine Stimme zittert vor Kälte und Verlegenheit.

»Mein erster Wunsch: Ich möchte mit dir von deinem Teller essen.«

Wie er ausschaut! Es ist keine Jahreszeit für einen Frosch. Die Feuchtigkeit ist auf seiner Haut gefroren, als trüge er einen Überzug aus gesprungenem Glas. Das klare, prahlerische Grün, das er noch im November zeigte, ist einem trüben Braun gewichen, mager ist er geworden, und seine Schwimmhäute sind zerfleddert. Nur seine bernsteingelben Augen sind immer noch schön.

»Bist du wahnsinnig?«, frage ich. »Weißt du nicht, wer mein Vater ist?«

»Was gibt es denn?«, ruft mein Vater aus dem Esszimmer.

»Nichts«, rufe ich zurück, und in diesem Moment ist der Frosch in die Eingangshalle geglitten. Er verströmt feuchte Kälte.

»Ich will von deinem Teller essen.«

»Sei doch still und warte, ich bringe dir etwas heraus.«

Aber er springt vor mir her ins Esszimmer, springt auf einen Stuhl und stemmt eine Schwimmhand auf den Tisch, an dem mein Vater, der Verbrecher, sitzt.

»Eure Tochter hat versprochen, dass sie mit mir von einem Teller essen will.«

»Von einem Teller? Stimmt das«, fragt mein Vater überrumpelt.

Ich schüttle den Kopf und setze mich wieder an den Tisch.

»Ich habe ihr die goldene Kugel wiedergebracht, die sie in den See hat fallen lassen, und sie hat versprochen, mir dafür drei Wünsche zu erfüllen.«

Dieser Verräter! Mein Vater legt seine Hand auf meine, tätschelt sie kurz und drückt sie dann so fest zusammen, dass mir die Tränen in die Augen schießen.

»Du hast den Ball in den Teich fallen lassen?«

Ich nicke bloß und wage nicht, meinen Vater anzusehen. Er drückt jetzt so fest, dass ich fürchte, er wird mir die Finger brechen.

»Dann«, sagt mein Vater zu dem Frosch, »sind wir Ihnen zu mehr als nur zu Dank verpflichtet.«

Er lässt meine Hand los.

»Worauf wartest du? Füll unserem Gast auf! Nein, nein, tu die Suppe auf deinen eigenen Teller! Nimm auch von dem Brot und der Entenpastete! Dominga soll ein weiteres Besteck bringen.«

Er geht zum Wandschrank und holt seine besten Moser-Gläser heraus, schenkt uns allen Champagner ein und stößt mit dem Frosch an. Der Frosch lächelt beglückt, er fühlt sich geehrt und merkt nicht, dass mein Vater nur seine Herrschaft über mich beweisen will.

Wir essen abwechselnd vom selben Teller, der Frosch und ich. Jedenfalls gebe ich es vor. Rote Suppenflecke

auf dem weißen Tischtuch, eine grabschende Schwimmhand, klirrende Gläser, schwappende Flüssigkeiten, ein
auf- und zuklappendes Lurchmaul und mein stetig wach-
sender Ekel. Der Frosch riecht nach Sumpf, nach kalter
Armut, und jetzt, wo er allmählich auftaut, tropft er auf
den Boden.

»Esst! Esst nur tüchtig, ihr beiden. Lasst es euch richtig schmecken«, ruft mein Vater, lacht und hebt sein Glas.
Ich kann die Tränen kaum zurückhalten.

»Nun bin ich satt. Nun will ich wieder gehen«, sagt
der Frosch.

»Aber nein«, ruft mein Vater. »Kommen Sie, rauchen
Sie wenigstens noch eine Zigarre mit mir.«

Er verschwindet mit dem Frosch im Raucherzimmer.
Sie lassen mich am Tisch zurück, als gäbe es mich gar
nicht. Dichte Wolken von Zigarrenrauch und männlichem
Einverständnis quellen unter der Tür hervor.

Von nun an erscheint der Frosch jeden Abend, und ich
muss ihn von meinem Teller essen lassen und bekomme
selber kaum noch einen Bissen herunter. Mein Vater lädt
ihn immer wieder ein. Manchmal schiebt er ihm sogar
seinen eigenen Teller hin. Hinterher sitzen sie Zigarren
paffend im Raucherzimmer. Ich höre sie gemeinsam lachen. Manchmal steht die Tür auf. Dann sehe ich, wie sie
sich über ein besonders wertvolles Jagdgewehr beugen,
über Golfschläger, die Karte eines pakistanischen Grenz-
gebiets oder den Plan der Wiener Kanalisation.

Der letzte Tag des Jahres ist unbarmherzig kalt. Alle Teiche, Seen und Flüsse sind von Eis überzogen. Aber pünktlich um acht sitzt der Frosch vor der Tür. Lange hält er das nicht mehr durch. Seine Haut ist nun nicht mehr braun, sondern hellblau und hängt wie ein schwerer Lappen auf den Knochen. Gestern hat er einen seiner Zehen verloren. Er brach wie sprödes Glas. Mein Vater hat die Villa verlassen, um mit anderen Verbrechern Silvester zu feiern. Ich muss hierbleiben und seinem Freund, dem Frosch, ein Festmahl auftischen. Ein Festmahl, das auf einem einzigen Teller serviert werden wird. Nur der Butler ist noch im Haus. Diesmal hat die peruanische Köchin frei. Nachdem der Butler den Frosch hereingelassen und das Essen aufgetragen hat, zieht er sich in sein Butlerzimmer zurück, um fernzusehen. Es ist das erste Mal, dass ich mit dem Frosch allein bin. Ich schiebe ihm den Teller mit dem Hummer hin und esse gar nichts. Der Frosch müht sich mit der Hummerzange. Schließlich gibt er auf. Er seufzt, als fiele es ihm schwer zu sprechen, und sagt:

»Der zweite Wunsch: Heute will ich, dass du mich mit in deine Kammer nimmst.«

»Nein.«

Er besteht darauf – ich hätte ihm drei Wünsche versprochen und die müsste ich nun einlösen. Ich sage ihm, dass er sich hier schon ziemlich lange breitgemacht hat, und dass er endlich verschwinden soll.

»Es ist mir völlig egal, was ich dir versprochen habe«,

sage ich. »Außerdem war es sowieso deine Schuld, dass die Kugel ins Wasser gefallen ist.«

Der Frosch bettelt, er fleht, und schließlich beginnt er zu drohen. Er droht, es meinem Vater zu sagen, wenn ich ihn nicht mit in meine Kammer nehme.

Ich lache ihn aus.

»Tu das! Sag ihm, dass du mit seiner Tochter im selben Zimmer schlafen willst. Er schlägt dich tot, bevor du zu Ende geredet hast.«

Der Frosch gibt nicht auf. Er schwört, dass er in der äußersten Ecke meiner Kammer sitzen bleiben und sich mir nicht nähern, noch ein einziges Wort sagen wird, er verspricht, mich mit dem Abendlied der Moorfrösche in den Schlaf zu singen, er schwört, dass er lange vor Morgengrauen verschwunden sein wird, und dass niemand davon erfährt.

Seine Drohungen können mich nicht einschüchtern, seine Bitten mich nicht besiegen und seine Versprechungen mich nicht verlocken. Es ist die Gelegenheit, heimlich etwas gegen den Willen meines Vaters zu tun, der ich schließlich nicht widerstehen kann.

Der Frosch bringt den Geruch des Waldes und die Kühle des Wassers mit ins Zimmer. Er setzt sich in die Ecke, die am weitesten von meinem Bett entfernt ist, und beginnt mit geschlossenem Maul Luft zu pumpen. Ich schalte das Licht aus und lege meine Kleider ab. Als ich nach meinem Nachthemd greife, explodiert vor dem Fenster eine einzelne Feuerwerksrakete, und meine Haut leuchtet grün und golden auf, bevor ich den weißen Stoff darüberziehen kann. Der Frosch sitzt in seiner Ecke. Unkenhaft gedämpft und weich steigen die ersten Töne auf wie Luftblasen vom Grund eines Sees. Ein Knurren und Schnarren, dann kommt ein dumpfes Grollen hinzu, unterbrochen von einigen Trillern. Das Grollen geht in ein bienenhaftes Summen über und schließlich in ein metallisches Hämmern. Das Lied schwillt an und ab, und der Frosch singt so schön, dass ich mir auf die Lippen beißen muss. Etwas Hartes und Kaltes, das mir das Herz bisher eingeschnürt hat, bricht krachend.

»Was war das für ein Geräusch?«, fragt der Frosch.

»Nichts – nur das Feuerwerk draußen«, sage ich, »sing weiter!« Der Frosch singt weiter. Fast wünschte ich, er würde näher kommen und neben meinem Bett sitzen, aber da ist auch noch diese amphibische Feuchtigkeit, die von ihm ausgeht, und die mich selbst aus dieser Entfernung schaudern lässt, und darum sage ich nichts und schlafe schließlich ein. Als ich am Morgen erwache, ist er bereits fort.

Am Neujahrsabend ist er wieder da. Dieses Mal öffne ich selbst die Tür, bevor der Butler es tun kann, begrüße ihn freundlicher als sonst und beeile mich, ihn aus der kalten Luft ins Warme zu bringen. Die Haut des Frosches ist nun beinahe schwarz, ein milchiger Film liegt auf seinen bernsteingelben Augen, und er zieht ein Bein nach. Ich muss ihm helfend unter die Schulter greifen, als er seinen Stuhl am Esstisch erklimmt. Nervös schiebt er das Besteck hin und her.

»Nimm von den Trüffeln, und dann streu ein bisschen Muskat darüber«, sagt mein Vater, »so etwas hast du noch nie gegessen.«

Er ist völlig vernarrt in den Frosch. Er nennt ihn einen frechen Teufelskerl und behauptet, früher genauso gewesen zu sein. Seinen elenden Zustand bemerkt er nicht. Der Frosch wirkt angespannt, er isst von meinem Teller, vermeidet es aber, mich anzusehen. Erst, als mein Vater ihn fragt, ob er noch ein zweites Dessert möchte oder sonst einen Wunsch habe, wirft er mir schnell einen Verzeihung heischenden Blick zu und antwortet: »Ich habe tatsächlich noch einen Wunsch: Ich möchte mit deiner Tochter in einem Bett schlafen.«

Das ist sein Tod. Wie kann er glauben, dass mein Vater ihm das durchgehen lässt? Es gibt nur eine Möglichkeit, ihn zu retten.

»Nein«, rufe ich und springe vom Tisch auf. »Das werde ich nicht tun. Auf keinen Fall! Du kannst sagen, was du willst, aber ich werde nicht mit einem Frosch das Bett teilen. Niemals. Dazu kannst du mich nicht zwingen.«

Mein Vater, der Verbrecher, sitzt mit versteinertem Gesicht am Tisch. Es kämpft in ihm. Wird er den dreisten Frosch mit einem Stuhl erschlagen, ihn unter seinen Stiefeln zermalmen? Oder ist es ihm wichtiger, mich seine Macht spüren zu lassen, seine grenzenlose Macht, die von mir niemals in Frage gestellt werden darf, selbst dann nicht, wenn wir einer Meinung sind.

»Hast du es versprochen oder nicht?«, sagt mein Vater ruhig. »Was man versprochen hat, das muss man auch halten.«

Der Frosch humpelt vor mir her.

»Wie du mich anwiderst ...«, sage ich und schließe die Tür meines Zimmers hinter uns. Der Frosch sieht zu Boden. Ich werfe mich auf mein Bett und weine laut. Es gibt Dinge, die ein Vater nicht von seiner Tochter verlangen darf. Der Frosch berührt mich an der Schulter. Ich schüttle den Kopf und stoße seine Schwimmhand fort. Der Frosch schickt sich an, ins Bett zu klettern. »Vielleicht widere ich dich nicht mehr so sehr an, wenn ich noch einmal für dich singe?«

In diesem Moment fliegt die Zimmertür auf, und mein Vater stürmt herein. Sein Gesicht ist rot wie gekochter Hummer und vor Wut ganz verzerrt.

»Du Schlammvieh«, schreit er, packt den Frosch an einem Bein und schleudert ihn mit aller Kraft gegen die Wand. »Und du .... du Hure – wir sprechen uns später«, brüllt er mir zu und rennt wieder hinaus. Die Tür knallt hinter ihm ins Schloss.

Der Frosch ist ein Lumpenhaufen auf dem Boden. An der Wand hat er einen großen feuchten Fleck hinterlassen. Ich hebe eine der schlaffen Schwimmhände an und lasse sie wieder fallen, dann halte ich mir mit aller Kraft den Mund zu, damit ich nicht schreien muss.

Am nächsten Morgen regnet es. Ich stehe im grünen Zimmer und sehe aus dem Fenster. Der Schnee im Park ist fast völlig getaut und der Kies von Reifenspuren durchwühlt. Noch in derselben Nacht haben sie meinen Vater verhaftet. Er konnte nicht fassen, dass sein Freund, der Frosch, ihn verraten hat. Aber ein Frosch ist nicht immer das, was er scheint. Ich sah zu, wie man meinem Vater die Handschellen anlegte.

»Kannst es wohl gar nicht abwarten, dass ich verschwinde«, sagte mein Vater. »Wie kalt und herzlos du bist.«

Und ich antwortete: »Was erwartest du – ich bin deine Tochter.«

Furcht und Schrecken verließen das Haus. Auf dem Schreibtisch blieben die beiden Hälften der goldenen Kugel zurück.

Jemand kommt aus meinem Zimmer. Jemand stellt sich hinter mich. Ich wage kaum, mich umzudrehen. Der rothaarige junge Polizist ist sehr dünn geworden und sieht elend aus mit fahler Haut und dunklen Ringen unter den Augen. Seine schwarze Lederjacke ist ganz brüchig geworden und an den Ärmeln ausgefranst. Er ist immer noch der schönste junge Mann, den ich je gesehen habe.

»Ich wusste die ganze Zeit, dass du es warst«, sage ich und drehe mich wieder zum Fenster. »Bist du mir also doch in den Wald gefolgt.«

Es regnet so stark, dass das Wasser von den Bäumen tropft. Er berührt mich vorsichtig am Arm. Immer noch geht eine amphibische Kühle von ihm aus. Ich rühre mich nicht. Ich warte, warte darauf, dass er seine Lippen an mein Ohr legt und unkenhaft gedämpft und weich die Töne aufsteigen wie vom Grund eines Sees.

»Komm«, sagt er, »komm hier weg.«

Der geduldige Prinz

 UN DENN: ES WAREN EIN KÖNIG und eine Königin, denen wurde eine Tochter geboren, und die Königin beschloss, ein prächtiges Tauffest zu geben, wie man lange keines gesehen hatte.

»Ich dachte, du wolltest keine großen Feste mehr geben, weil dir allmählich alles zu viel wird«, sagte König Otto, aber daran konnte sich die Königin überhaupt nicht mehr erinnern. Sie lud fünfhundert Gäste ein und als Paten fast alle Feen, die es im Königreich gab – im Ganzen zwölf. Feen waren als Taufpatinnen überaus beliebt, weil sie immer die besten Geschenke mitbrachten.

»Zwölf Feen«, sagte König Otto, als er die Gästeliste durchsah, »findest du das nicht übertrieben? Meinst du nicht, man wird uns für raffgierig halten?«

»I wo«, sagte Königin Augusta, »das wirkt nicht

raffgierig, sondern majestätisch – und denk bloß an die ganzen Geschenke!«

»Aber wenn du alle Feen des Reiches einlädst, dann musst du auch meine Cousine Fanny einladen. Sie ist sonst die Einzige, die nicht dabei wäre.«

»Kommt überhaupt nicht in Frage«, sagte die Königin streng, »deine Cousine zieht sich merkwürdig an und kann sich nicht benehmen. Das letzte Mal hat sie dem König von Spanien das Schirmchen von seinem Eisbecher gestohlen. Außerdem hat sie noch nie ein vernünftiges Geschenk gemacht. Erinnere dich nur, was sie Prinz Alphons, dem Sohn von König Corso, zur Taufe geschenkt hat! Ach, du musst dich erinnern! Es ist gerade mal zwei Monate her. Geduld! Ich bitte dich, was soll er denn damit? Außerdem haben wir bloß zwölf Feenteller.«

Der König murmelte, dass Fanny immerhin zur Familie gehöre und dass man zusammen aufgewachsen und gemeinsam älter und dicker geworden sei.

»Das ist doch wichtiger als ein Papierschirmchen«, murmelte er. Aber er murmelte es so leise, dass er kaum zu verstehen war.

Das Tauffest wurde wirklich ganz besonders prächtig. Die Tische waren rosa dekoriert und die Kuchen so süß, dass sie zwischen den Zähnen knirschten. Gegen Mitternacht lieferten alle ihre Geschenke ab. Die Königin nahm sie mit beiden Händen entgegen und achtete darauf, dass auch an jedem Geschenk ein Wappen hing, damit man später noch wusste, bei wem man sich wofür zu bedanken hatte. Als Letzte traten die Feen an die Wiege. Die erste Fee hob ihren Zauberstab und schenkte der kleinen Prinzessin Anmut, die zweite Fee schenkte ihr Schönheit, die dritte logisches Denkvermögen, die vierte feste Fingernägel und gesundes Haar, die fünfte guten Geschmack, und so ging es weiter, bis beinahe alle Feen ihren Wunsch getan hatten und nur noch die zwölfte übrig war. Bevor aber die zwölfte ihren Wunsch tun konnte, flog auf einmal die Tür auf, und die dreizehnte Fee, Cousine Fanny, stürmte herein. Sie war ganz in Violett gekleidet und trug statt einer einfachen Haube eine Kopfbedeckung, die links und rechts in zwei gedrehte Hörner auslief. Alle starrten sie an.

»Kann es sein, dass ihr vergessen habt, mich einzuladen?«, fragte die Fee scharf.

»Ach Fannylein«, sagte König Otto, »ich wollte ja, dass du kommst. Aber Augusta ... es ist ja nun einmal ihr Fest, und da kann ich ihr ja schlecht reinreden. Du weißt, wie wenig ich Streit aushalten kann. Aber wir können uns ja trotzdem mal treffen, ... bei dir ... ohne Augusta. Dass ihr euch nicht mögt, muss ja nicht heißen ...«

»Du bist doch ein unglaublicher Schwächling«, sagte die dreizehnte Fee, »du bist ja noch schlimmer als dein gehässiges Weib. Mit uns ist es aus. Für immer. Und jetzt werde ich eure Tochter verfluchen! Wie heißt das Balg eigentlich? Ah, da steht's ja auf der Wiege: Florentine!«

Prinzessin Florentine wachte auf, ballte die Fäustchen und fing an zu weinen.

»Aber Fannylein«, rief König Otto, »das willst du doch nicht wirklich tun! Wo wir doch zusammen aufgewachsen und gemeinsam älter und dicker geworden sind ...«

»Du vielleicht, ich bestimmt nicht«, schnarrte die dreizehnte Fee und breitete die Arme aus. Ihr violetter Mantel entfaltete sich knallend. Er war innen mit einem leuchtend roten Stoff gefüttert, auf den lauter böse Augen gemalt waren.

»Prinzessin Florentine wird sich an ihrem fünfzehnten Geburtstag mit einer Spindel in den Finger stechen und tot zu Boden fallen«, rief Fanny, und damit rauschte sie aus dem Saal, und der bedrohliche Mantel flatterte, nach allen Seiten äugend, hinter ihr her. Jetzt war die Stimmung natürlich verdorben. Die Gäste sahen betreten zu Boden. Es war die zwölfte Fee, die als Erste etwas sagte.

»Zum Glück habe ich meinen Wunsch noch nicht getan.«

»Ja, was für ein Glück, liebe Patin«, rief der König, »oh, bitte, mach den Fluch meiner Cousine ungeschehen.«

»Das geht leider nicht«, antwortete die zwölfte Fee. »Ein Fluch ist auch eine Art Geschenk. Und Feengeschenke halten immer mindestens hundert Jahre. Ich kann den Fluch aber ein bisschen mildern.«

»Ja, mildere ihn«, sagte Königin Augusta. »Meine Tochter kann sich ja meinetwegen an ihrem fünfzehnten Geburtstag an einer Spindel stechen, aber deswegen muss sie doch nicht gleich tot umfallen.«

»Nein«, erwiderte die zwölfte Fee, »stattdessen soll die Königstochter in einen hundertjährigen Schlaf fallen.«

»Aber dann wird meine Tochter ja furchtbar alt sein, wenn sie wieder aufwacht«, rief die Königin.

»Es wird kein normaler Schlaf sein«, sagte die zwölfte Fee, »sondern ein Zustand konservierender Leblosigkeit – wie der Trockenschlaf einer Moosspore, die nach jahrelangem Aufenthalt in einem Herbarium in längst verloren geglaubter Frische sofort wieder zu keimen und zu wachsen beginnt, wenn man sie nur in feuchte Erde setzt.«

»Wieso denn gerade hundert Jahre? Warum nicht zehn? Oder fünf? Ich werde überhaupt nichts von meiner Tochter haben, wenn sie so lange schläft. Und wenn sie endlich aufwacht, ist sie völlig allein auf der Welt, niemand weiß, dass sie eine Prinzessin ist, und sie muss als die ärmste Gänsemagd gehen.«

Die zwölfte Fee bedachte dieses Argument, und wenn sie sich auch nicht von den hundert Jahren abbringen ließ, so ergänzte sie ihren Wunsch doch dahingehend, dass zusammen mit der Prinzessin auch alle Bewohner des Schlosses in den Schlaf fallen sollten.

»Man wird uns ausrauben, während wir schlafen«, rief Königin Augusta. »Wenn wir nach hundert Jahren aufwachen, werden wir splitternackt und bettelarm sein.«

Auch das sah die zwölfte Fee ein und besserte noch einmal nach, indem sie versprach, ein undurchdringliches Dornengestrüpp um das Schloss herum wachsen zu lassen, und damit gab sich die Königin dann zufrieden.

Prinzessin Florentine wuchs heran und wurde so schön und anmutig, wie die Feen das für sie arrangiert hatten. Als ihr fünfzehnter Geburtstag bevorstand, waren sämtliche Spindeln längst außer Landes geschafft worden und man hatte einen Ideenwettbewerb ausgeschrieben, wie die Prinzessin am besten zu schützen sei. Feiern konnte man an diesem gefährlichen Tag natürlich nicht. Darum fand das Fest bereits am Vorabend statt. Diesmal wurden die Tische hellgrün dekoriert und alle standesgemäßen oder besonders hübschen jungen Adligen der Umgebung waren eingeladen. Prinz Alphons, der Thronfolger von König Corso aus dem Nachbarreich, war auch dabei. Mit großen Augen sah er zu, wie Prinzessin Florentine mit einem jungen Herrn nach dem anderen tanzte, und zwar sehr ausgelassen. Alphons war ein wenig schüchtern, und da ihm die dreizehnte Fee dazu noch das Geschenk der Geduld in die Wiege gelegt hatte, hielt er sich vorerst zurück, tanzte bloß einmal mit einer kleinen, drallen Baroness und wartete ansonsten auf eine besonders günstige Gelegenheit, die Prinzessin selbst aufzufordern. Als kurz vor Mitternacht der König und die Königin mit dem Hofmarschall erschienen und das Fest unterbrachen, hatte Alphons noch kein einziges Mal mit Florentine getanzt, sein kleiner Bruder hingegen schon viermal. Hinter dem Hofmarschall wurde eine riesige gläserne

Kugel hereingerollt. Sie war so groß, dass die Prinzessin durch eine Öffnung hineinsteigen konnte, die Tür wurde wieder verschlossen, und wenn die Prinzessin nun vorwärtsschritt, so rollte die Kugel um sie herum und unter ihr hindurch, und sie konnte aus dem Schloss in den Hof laufen und musste doch ihre Kugel nicht verlassen. Der Hofmarschall beglückwünschte den königlichen Glasbläser zu seiner Erfindung und überreichte ihm die Siegerurkunde des »Ideenwettbewerbs zur Rettung der Prinzessin« nebst einem goldenen Dukaten. Aber nun fingen einige der jungen Prinzen an, die Glaskugel mit Prinzessin Florentine darin zurück in den Festsaal zu rollen, jeder wollte ihr behilflich sein, immer schneller ging es, die Prinzessin lachte zuerst, dann schrie sie, und dann stieß die Kugel gegen eine Marmorsäule und zerbrach. Sofort versammelten sich die Prinzen wieder um Florentine, und jeder wollte den kleinen Glassplitter, der sich ihr in den Finger gebohrt hatte, herausoperieren. König Otto trat dazwischen.

»So«, sagte er, »das war's. Das Fest ist vorbei. Ihr wisst ja, wo eure Kutschen stehen.«

Einzig Prinz Alphons, der die ganze Zeit abseits gesessen und auf eine günstige Gelegenheit gewartet hatte, die Prinzessin auch mal ein Stück durch den Hof zu rollen – vielleicht dann, wenn die anderen Prinzen müde geworden waren und keine Lust mehr hatten –, durfte bleiben.

»Der Junge ist ruhig und vernünftig. Er kann auf

Florentine aufpassen und einen guten Einfluss auf sie ausüben«, sagte der König.

»Das kann er ja mal versuchen, der Langweiler«, zischte Florentine.

Der Hofmarschall riss dem Glasbläser die Siegerurkunde und den Golddukaten wieder aus den Händen und winkte damit den zweiten Preisträger des Ideenwettbewerbs, den königlichen Handschuhmacher, herbei. Der königliche Handschuhmacher verbeugte sich, bat die Prinzessin, ihre Hände vorzustrecken, und zog ihr zwei Fäustlinge an, die so dick wattiert waren, dass ihre Hände damit wie Pfannkuchen aussahen, und schnürte sie zu.

»Nehmt mir diese hässlichen Handschuhe sofort wieder ab«, rief Prinzessin Florentine. »Ich weiß doch, dass ich keine Spindeln anfassen darf.«

»Die Handschuhe bleiben dran«, sagte die Königin. »Eben hattest du schon einen Glassplitter im Finger. Und von einem Glassplitter zu einer Spindel ist es nur ein winziger Schritt.«

»Ich will die nicht«, schrie Florentine.

»Komm, lassen wir die jungen Leute unter sich sein«, sagte König Otto und schob die besorgte Königin hinaus, »Prinz Alphons kümmert sich schon, und wenn es richtig dicke kommt, kann man dem Schicksal sowieso nicht entgehen.«

Florentine fing vor Wut an zu weinen. Der geduldige Prinz versuchte sie zu beschwichtigen, dass es ja nur für einen einzigen Tag wäre, dann wäre die Gefahr wieder gebannt, und so ein Tag, das wäre ja gar nichts, der ginge ruckzuck vorbei, die erste Stunde sei ja schon so gut wie rum, und die folgenden dreiundzwanzig würden genauso schnell vergehen – sie würde schon sehen.

»Ein Tag«, rief die Prinzessin, die ihrer Mutter in mancher Beziehung nicht ganz unähnlich war, »ein ganzer Tag in diesen Handschuhen, das halte ich nicht aus! Und außerdem ist es mein Geburtstag.«

Aber Prinz Alphons gab dem Hofmarschall ein Zeichen, und der gab wiederum den Musikern ein Zeichen, und dann fasste der Prinz Florentine an den dicken Handschuhen und begann mit ihr zu tanzen. Alphons war ein sehr guter Tänzer, weil er mit viel Geduld all die schwierigen und komplizierten Tanzfiguren gelernt hatte, die gerade beliebt waren.

»Warum hast du mich nicht früher aufgefordert?«, sagte die Prinzessin erstaunt. »Du bist der Einzige, der nicht mit mir getanzt hat. Ich dachte, das läge daran, dass du es nicht kannst.«

Und gegen Morgen, als der Hofmarschall längst auf eine Bank gesunken war und schnarchte, legte Florentine den Kopf an Alphons' Schulter und flüsterte: »Du musst die Bänder an meinen Handschuhen aufknüpfen. Wenn du mich auch nur ein bisschen gern hast, musst du mir helfen.«

Der Prinz hatte Florentine nicht bloß ein bisschen gern, er war bis über beide Ohren in sie verliebt. Es kam ihm vor, als wäre das jetzt ein passender Moment, um sie zu küssen. Aber sollte er wirklich? Würde er damit nicht womöglich alles verderben? Er wollte sich lieber gedulden, bis Florentine noch eindeutigere Zeichen ihrer Zuneigung erkennen ließ. Und die Bänder an den Handschuhen, die durfte er ja gar nicht lösen.

Da öffnete die Prinzessin sie selber mit den Zähnen, warf die Handschuhe Alphons an den Kopf und lief davon. Der geduldige Prinz weckte den Hofmarschall und suchte mit ihm die anliegenden Säle und Zimmer ab. Vergeblich. Während der Hofmarschall in den Westflügel lief, sah Alphons sich im Schlosshof um. Das Haupttor stand offen, und der Prinz trat hinaus, um auch außerhalb des Schlosses zu suchen. Prinzessin Florentine war alles zuzutrauen. Die Sonne ging auf, die Vögel zwitscherten, ein milder Wind wehte, und es schien ein schöner Sommertag zu werden. Doch als Alphons gerade aus dem Schloss getreten war, wurde es auf einmal unheimlich still. Die Vögel waren verstummt, selbst der Wind hatte sich gelegt, an den Bäumen regte sich kein Blatt. Alphons folgte mit den Augen einer Taube, die zum Schloss zurückkehrte. Kaum hatte die Taube die Schlossmauer überquert, steckte sie den Kopf unter einen Flügel und stürzte ab. Nun knisterte es im Boden, und um den Prinzen herum bohrten sich Zweige aus der Erde, trieben aus und wollten sich um seine Beine ranken. Er machte, dass er fortkam, und erst nachdem er eine gehörige Strecke gelaufen war, drehte er sich um und sah zu, wie die Dornenhecke rings um das Schloss wuchs und endlich das ganze Gemäuer umzog, bis gar nichts mehr davon zu sehen war, nicht einmal mehr die Fahne auf dem Dach. Der geduldige Prinz seufzte tief und sagte: »Jetzt heißt es hundert Jahre warten.«

Andere Königssöhne waren nicht so geduldig. Das Gerücht von der schönen schlafenden Prinzessin hinter der Dornenhecke breitete sich schnell aus, und immer wieder machten sich Prinzen auf, um zum Schloss vorzudringen. Sie hatten scharfe Schwerter und ihre besten Gärtner bei sich, aber die Dornenranken hielten zusammen als hätten sie Hände, zerkratzten den Königssöhnen die Gesichter und schlangen sich um die Beine ihrer Gärtner. Alle mussten unverrichteter Dinge wieder heimkehren. Und schließlich versuchte es niemand mehr.

Die Jahre vergingen, und aus dem geduldigen Prinzen wurde ein geduldiger Mann in den besten Jahren, der langsam wachsende Bäume in seinem Park pflanzte und alles tat, um möglichst lange zu leben. Jeden Abend ging er früh schlafen, und jeden Morgen stand er spät auf. Er bewegte sich langsam und gemessen, blieb bei ungünstigen Sternenkonstellationen gleich ganz im Bett, und er regte sich grundsätzlich über gar nichts auf – auch nicht darüber, dass sein jüngerer Bruder ihm den Thron wegnahm und ihn immer bloß »Prinz Hastig« oder »Die Entdeckung der Langsamkeit« nannte. Jeden ersten Freitag im Monat versammelte Alphons die besten Ärzte um sich und ließ sich von ihnen eine lebensverlängernde Diät zusammenstellen. Die Ärzte seiner Jugend hatten darauf geschworen, er dürfe nur Dinge essen, die grün seien, und so hatte er nichts als Löwenzahnsalat, Bohnen, Erbsen, grünen Pudding und ab und zu einen Frosch oder ein Stück verschimmeltes Brot gegessen. Dann hatte sich die Meinung der Wissenschaft grundlegend gewandelt, nun galt grün als ausgesprochen schädlich, und die einzigen lebensverlängernden Nahrungsmittel waren die von weißer Farbe. Von da an aß der geduldige Prinz nur noch Sahne, Zucker, Salz, Sellerie, gehäuteten Fisch und Hühnerfleisch. Nach wie vor aber achtete er darauf, sich nicht aufzuregen, und zweifelte niemals daran, dass er Prinzessin Florentine wiedersehen würde. Denn darin waren sich alle Ärzte einig, dass Zweifel der Verlängerung der menschlichen Daseinsdauer am allerabträglichsten war.

»So ist es, Zweifel zernagt das Herz – genau wie der Kummer, wenn einem von den eigenen Verwandten Unrecht angetan worden ist«, sagte auch seine alte Patin, die Fee Fanny, die ihn zweimal die Woche besuchte. Sie hatte König Otto und Königin Augusta niemals verziehen, dass sie nicht zur Taufe eingeladen worden war, und erwähnte es bei jeder Gelegenheit. Prinz Alphons war der Einzige, der noch die Geduld aufbrachte, sich ihre ewig gleichen Hass- und Jammertiraden anzuhören.

»Es war natürlich Augusta, dieser Satansbraten! Von sich aus hätte Otto das nie getan«, sagte die Fee und schneuzte sich ausgiebig in ein türkisfarbenes Taschentuch mit roten Fransen.

»Gewiss«, erwiderte Alphons, der das Thema nun bereits seit Jahrzehnten mit ihr erörterte.

»Augusta wollte uns schon immer auseinanderbringen, und jetzt hat sie es geschafft und triumphiert.«

»Aber nein, Tante Fanny, Augusta kann überhaupt nicht triumphieren. Sie liegt wie die ganze Familie in einem hundertjährigen Schlaf«, sagte Alphons und dachte daran, dass er seine langsam wachsenden Bäume mal wieder beschneiden müsste.

»Aber wenn sie aufwacht! Wenn sie aufwacht, wird sie über mich triumphieren – und wie!«, rief die Fee.

»Mein Gott, Tante Fanny, wie lange ist es jetzt her? Zweiundvierzig Jahre! Vergiss es endlich! Übrigens siehst du erstaunlich jung aus, dafür, dass der Kummer seit zweiundvierzig Jahren an deinem Herzen nagt. Wie machst du das bloß?«

»Ich wäre ja schön dumm, wenn ich meine Feenkünste nicht auch bei mir selber anwenden würde«, antwortete seine Patin geschmeichelt, um dann wieder neu anzusetzen: »Otto ist vielleicht feige, aber er wäre nie auf die Idee gekommen, mich nicht einzuladen. Es war dieser Teufel.«

Der geduldige Prinz reichte Patentante Fanny ein frisches Taschentuch und fragte möglichst beiläufig, ob sie ihre Feenkünste nicht auch bei ihm anwenden und die Beschwerden und Entstellungen, die das Alter bisher schon mit sich gebracht hatte, rückgängig machen könnte – oder wenigstens ihr Fortschreiten verzögern. Etwas harthörig sei er bereits geworden, lesen könne er nur noch, wenn er ein Buch auf Armeslänge von sich halte, an seinem Hals und unter den Augen hingen unschöne Lappen und immer mehr Haare wüchsen ihm aus der Nase.

»Am Ende erkennt mich Florentine überhaupt nicht mehr, wenn sie aus ihrem hundertjährigen Schlaf erwacht.«

»Denkst du, ich helfe dir auch noch dabei, dich mit meinen Feinden zu verbünden?«, fuhr die Fee auf. »Nein, nein, du sollst verschrumpeln und sterben, wie das von der Natur vorgesehen ist. Bevor Florentine wieder aufwacht, bist du längst tot.«

»Na, vielen lieben Dank auch«, antwortete Alphons, »ganz reizend von dir. Aber wenn du dich da mal nicht täuschst. Vergiss nicht, dass du mir zur Taufe das Geschenk der Geduld gemacht hast.«

»Geduld nützt dir dabei auch nichts«, sagte die Fee. »Die schlafende Sippschaft wacht erst in achtundfünfzig Jahren wieder auf. So lange hältst du nie durch.«

Je älter Prinz Alphons wurde, desto einsamer wurde er auch. Es war lange her, dass seine Eltern gestorben waren, und bald war es auch schon lange her, dass er an sie gedacht hatte. Er hatte seinen jüngeren Bruder sterben sehen und dann sogar dessen Sohn. Inzwischen saß dessen Sohn auf dem Thron und war auch nicht mehr jung. Alphons sah die jungen Damen verdorren und faltig werden, mit denen er immer so gern getanzt hatte, obwohl

Tanzen nach Meinung der Ärzte das Leben verkürzte. Dann starben auch die alt gewordenen jungen Damen, und er wurde ganz allein immer älter und hässlicher. Er schrumpfte zusammen, seine Haut war wie Pergament, auf den fleckigen Händen wanden sich die Venen wie blaue Raupen, seine Nase wurde immer spitzer, die Augenlider sahen aus wie dickes Seidenkrepp, und aus Ohren und Nase wuchsen ihm jetzt ganze Büschel von Haaren. Das Tanzen musste er aufgeben. Die Knie hakten, und im Rücken kniff es. Einzig die Fee Fanny und ihr Gram über das Unrecht, das König Otto und Königin Augusta ihr angetan hatten, schienen ewig frisch zu bleiben. Und natürlich gab es auch noch Prinzessin Florentine, die unverändert jung und schön hinter der Dornenhecke schlief.

Endlich waren die hundert Jahre beinahe um. Der geduldige Prinz ließ sich von seinem Diener ein zweites Unterhemd überziehen und verlangte, dass man für ihn den bravsten Esel bereitstellen sollte und das leichteste Schwert, das sich auftreiben ließ. Er sah aus dem Fenster. Es regnete. Das war gar nicht gut. Der Prinz war jetzt sehr gebrechlich, seine Hände zitterten, seine Augen waren trübe, und ein langer dünner Bart hing ihm bis weit über die krummen Knie herunter. In den letzten fünf Jahren hatten die Ärzte darauf geschworen, dass man am allerältesten wurde, wenn man so gut wie gar nichts aß und trank, und der geduldige Prinz war inzwischen so leicht, dass er beim geringsten Windstoß wegzuwehen drohte.

Sein Großneffe, der jetzige König, sah ihn losreiten und erinnerte sich, was man ihm von Onkel Alphons' eigensinnigem Vorhaben und dem verwunschenen Schloss hinter der Dornenhecke erzählt hatte. Er rechnete nach und kam zu dem Ergebnis, dass die hundert Jahre um sein müssten. »Es wäre doch gelacht, wenn ich nicht vor dem alten Trottel dort sein und die schöne Prinzessin selbst erlösen könnte«, sagte er sich, ließ sein bestes Pferd satteln und holte den Esel mit Leichtigkeit ein.

»Na, Onkel Alphons, wie wäre es mit einem kleinen Wettrennen?«, rief er und galoppierte an ihm vorbei.

Der Großneffe erreichte das überwucherte Schloss noch am selben Abend. Er hatte aber eines nicht bedacht: So geduldig auch Prinz Alphons seine Zeit abgewartet hatte, so wollte er doch nicht einen einzigen Tag zu spät kommen und hatte deswegen den langen Ritt auf dem Esel mit in seine Zeitplanung einbezogen. Kaum setzte der Großneffe einen Fuß in die Dornenhecke, umschlangen ihn die Zweige und ließen ihn nicht mehr los. Schlug er einen Ast ab, so wuchs der gleich doppelt verzweigt nach. Und weil er das Fasten nicht so gewohnt war wie der geduldige Prinz, hing er dort in einem recht jämmerlichen Zustand, als Alphons eine Nacht und einen Tag und noch eine Nacht später auf seinem Esel eintraf. Die Sonne ging gerade auf, die Vögel zwitscherten, ein milder Wind wehte, und es schien ein schöner Sommertag zu werden. Während Prinz Alphons noch überlegte, wie er es bloß mit seinen dünnen Streichholzärmchen bewerkstelligen sollte, das schwere Schwert zu ziehen, wich die Dornen-hecke auf einmal ganz von selbst vor ihm zur Seite, und gleichzeitig trieb sie tausend schöne Rosen und blühte und leuchtete.

»Lass mich hier nicht hängen«, rief sein königlicher Großneffe, aber Alphons legte die Hand ans Ohr, tat, als wenn er gerade mal wieder schwer hörte, und ritt auf seinem Esel in den Schlosshof. Dort, mitten auf dem Mist-haufen, lag die Taube, die er vor hundert Jahren hatte ab-stürzen sehen, und schnarchte friedlich neben dem vom Schlaf übermannten Hofhahn. Als Alphons ins Schloss trat, stolperte er fast über zwei Lakaien, die auf dem Fuß-boden schliefen, in der Küche schlief der Koch mit den Armen im Suppentopf, aber zum Glück schlief auch das Feuer im Herd, und die Magd schlief auf der Bank und hielt dabei eine Ente, bei der man nicht erkennen konnte, ob sie ebenfalls schlief oder ob die Magd ihr schon den Hals umgedreht hatte. Alle waren so eingestaubt, dass sie wie graue Monumente aussahen. Selbst auf der Suppe stand eine dicke Schicht unappetitlicher Flusen.

Der geduldige Prinz schlurfte in den Festsaal. Er wischte mit den Fingern über die Tische, um unter zenti-meterdickem Staub die grünen Tischdecken wiederzufin-den. Er erinnerte sich, als wäre das Geburtstagsfest der Prinzessin erst gestern gewesen. Nur, dass seine Knie gestern noch nicht so wehgetan hatten. Ich hätte Floren-tine gleich zum Tanz auffordern sollen, dachte Alphons. Warum habe ich bloß so lange gewartet?

Schließlich hatte er das ganze Schloss abgesucht und die Prinzessin immer noch nicht gefunden. Nur im Turm hatte er noch nicht nachgesehen. Er öffnete die Tür und wischte die Spinnweben zur Seite. Die Fee Fanny hatte ganze Arbeit geleistet: Jede einzelne Stufe der Wendeltreppe lag voller Spindeln. Spindeln hingen an Fäden von den Wänden herunter, und Spindeln waren an das Treppengeländer gebunden. Seufzend begann der geduldige Prinz den Turm hinaufzusteigen. Er war jetzt hundertfünfzehn Jahre alt, und die morschen Stufen knarrten mit seinen morschen Knien um die Wette. Er tat einen Schritt und dann wartete er lange, bevor er den nächsten tun konnte, aber endlich war er doch ganz oben angelangt und sah Prinzessin Florentine auf dem Boden des Turmzimmers liegen. Sie hielt die Augen geschlossen und sah genauso aus wie vor hundert Jahren, nur ein wenig eingestaubt. Alphons war sofort wieder bis über beide Ohren verliebt, hätte sich aber auch gern erst einmal gesetzt. Neben Florentine lag ein Geschenkkarton, der bis zum Rand mit Spindeln gefüllt war.

Ich hätte sie küssen sollen, dachte Alphons. Als sie mich bat, ihr die Handschuhe aufzubinden, hätte ich sie küssen sollen. Jetzt ist es doch viel zu spät. Und ich bin ja auch schon so alt. Andererseits ist sie es ja auch irgendwie. Es dauerte eine Weile, bis er sich auf die Knie herabgelassen hatte. Als er sich gerade über sie beugen wollte, tat die Prinzessin von selber die Augen auf und sagte: »Wer seid Ihr denn? Ihr habt Euch sicherlich verlaufen,

Alterchen. Das hier ist der Turm.« Und dann: »Meine Güte, habe ich gut geschlafen! Aber wieso eigentlich auf dem Fußboden?« Ohne den geduldigen Prinzen weiter zu beachten, stand sie auf, klopfte sich den Staub ab und lief aus dem Zimmer und die Treppe hinunter. Nun wachte das ganze Schloss auf, alles reckte und streckte sich, krähte und gähnte, und der Koch besah fassungslos seine Ärmel, von denen die schmutzige Suppe tropfte. Weil man vorerst noch unter sich war, dauerte es eine ganze Weile, bis man begriff, dass der Fluch sich inzwischen erfüllt hatte und hundert Jahre vergangen waren. Eigentlich sah man es ja auch nur an der Dornenhecke und an den Unmengen von Staub, die alles und jeden bedeckten. Nach und nach fanden sich die Schlossbewohner im Festsaal ein. Königin Augusta schickte einen Diener los, um die neuesten Modehefte zu besorgen.

»Hundert Jahre«, sagte König Otto, »stellt euch das bloß vor. König Corso, mit dem ich immer so gern gejagt habe, muss längst tot sein. Alle meine Jagdfreunde sind tot. Und der kapitale Vierzehnender, auf den ich es immer abgesehen hatte, der ist natürlich auch tot. Und Cousine Fanny! Cousine Fanny ist gestorben, ohne dass ich mich mit ihr ausgesöhnt habe. Ist das nicht schrecklich: Eines Tages wacht man auf und muss feststellen, dass man die Leute, an denen einem etwas liegt, nicht so liebgehabt hat, wie man sie hätte haben sollen. Aber dann ist es zu spät.«

»Sei froh, dass ihr euch gestritten habt – das ist der

einzige Grund, weswegen du jetzt überhaupt noch lebst«, erwiderte Königin Augusta.

In diesem Augenblick entdeckte man auch den geduldigen Prinzen, der es inzwischen die Treppe wieder heruntergeschafft hatte. Nachdem er sich zu erkennen gegeben hatte, waren alle sehr erleichtert, dass sie die letzten hundert Jahre in einem Zustand unterbrochener Lebenstätigkeit übersprungen hatten, statt wie Prinz Alphons dem unerbittlichen Geschick des Alterns ausgeliefert gewesen zu sein. Dann gab es einen längeren Disput, ob dem geduldigen Prinzen die Erlösung der Prinzessin Florentine zu verdanken sei und ihm deswegen ihre Hand zustände oder ob sie alle auch ohne ihn wieder aufgewacht wären.

»Weder im Fluch noch in seinem Gegenzauber ist je von einem Prinzen die Rede gewesen«, sagte die Königin. Florentine erklärte, dass sie vor hundert Jahren tatsächlich ein wenig in Alphons verliebt gewesen sei, dass die unterschiedlichen Geschwindigkeiten ihrer Alterungsprozesse aber durch diese Liebe nicht überwunden werden könnten.

»Schau dich doch mal an«, sagte sie mit der Unbarmherzigkeit der Jugend, »Pergamenthaut, Putenhals und kaum noch Zähne im Mund. Du bist alt wie ein Stein und riechst komisch.«

»In der Tat, lieber Alphons«, sagte König Otto, »es nötigt mir die allergrößte Bewunderung ab, wie es dir gelungen ist, das Leben über seine natürlichen Grenzen hinweg zu verlängern – aber du musst zugeben, dass die Jahre dich schon ein wenig verwandelt haben.«

»Ein wenig verwandelt?«, schnaubte Königin Augusta. »Sein Gesicht ist ja kaum noch menschenähnlich! Wie ein Kohlrabi mit Frostschäden!«

Florentine bot an, Alphons zwar nicht zu heiraten, ihn stattdessen aber wie einen lieben Großpapa zu ehren und von der Dienerschaft pflegen zu lassen und nach seinem Tod einen jährlichen Gedenktag für ihn einzurichten. Der geduldige Prinz ballte seine Greisenfaust und haute erstaunlich kräftig auf den nächstgelegenen Tisch. Eine Staubwolke stieg hoch.

»Jetzt habe ich es aber satt«, krächzte Alphons, »jetzt habe ich es aber so was von satt. Ich will auf der Stelle zur Fee Fanny gebracht werden – aber ganz schnell!«

»Die ist doch längst tot«, jammerte König Otto. Aber als Alphons versicherte, dass seine Patentante noch frisch wie eh und je sei, befahl der König, sofort die Kutsche anzuspannen:

»Achtspännig! Die Schimmel!«

Auch die Schimmel hatten hervorragend geschlafen und schnaubten vor lauter überschüssiger Energie, und die Kutsche mit König Otto und Prinz Alphons darin erreichte das Feenschloss von Cousine Fanny schon nach wenigen Stunden.

»Es ist alles meine Schuld«, rief König Otto, noch bevor er ganz aus der Kutsche gestiegen war.

»Allerdings, so sehe ich das auch«, schnaubte die Fee,

wickelte ihren orange und grün gewürfelten Häkelumhang fester um sich und sah an ihrem Besuch vorbei zu einem imaginären Punkt am Horizont. Sie gab sich noch eine ganze Weile gekränkt und unnahbar, aber als König Otto ihr wiederholt und tränenreich seine Reue versicherte, schmolz sie irgendwann dahin, und bald lagen sich beide in den Armen und halfen sich gegenseitig mit Taschentüchern aus.

»Ich habe da jetzt hundert Jahre drüber geschlafen. Ich werde nie wieder zulassen, dass man dich von irgendetwas ausschließt«, schluchzte König Otto.

»Möglicherweise habe ich auch etwas scharf reagiert«, heulte die Fee Fanny.

»Aber du hattest ja auch allen Grund«, greinte König Otto.

Endlich hatten der König und seine Cousine sich so weit beruhigt, dass Prinz Alphons auf sich aufmerksam machen und sein Anliegen vortragen konnte.

»Ich will mein Leben zurück«, krächzte er die Fee an. »Wegen deines verdammten Patengeschenks habe ich es verpasst. Und jetzt will ich es zurück. Sofort!«

Er gestikulierte dabei so stark, dass er ausrutschte, hinfiel und sich den Oberschenkelhalsknochen brach. Stöhnend blieb er liegen.

»Was ist denn bloß mit dem Jungen los«, sagte König Otto, »der war doch früher nicht so?«

»Feengeschenke halten nur etwas über hundert Jahre«, erklärte Fanny, »und wenn sie sich dann abgenutzt haben, schlagen die verliehenen Tugenden leicht mal ins Gegenteil um.«

Sie sah auf ihr steinaltes Patenkind hinunter und schnalzte missbilligend mit der Zunge. Aber weil es schließlich Alphons gewesen war, der ihren Lieblings- vetter zu ihr gebracht und damit für die Versöhnung gesorgt hatte, ließ sie sich nicht mehr allzu lange bitten, heilte zuerst sein Bein und flößte ihm dann reichlich aus einer verschnörkelten Flasche ein, die sie einem dreifach verriegelten Wandschrank in ihrem Labor entnahm.

»Aber nur Alphons und nur dieses eine Mal«, sagte die Fee zu König Otto, »nicht dass ihr jetzt alle ankommt.«

Kaum war der Prinz wieder in den körperlichen Zustand von vor hundert Jahren zurückversetzt, riss er sich die viel zu eng gewordenen Kleider bis auf ein knielanges Unterhemd vom Leib und begann, alle seine wiedererstarkten Muskeln und geschmeidigen Gelenke auszuprobieren, machte Rumpfbeugen und Liegestütze und trabte in großen Volten um seine Patentante und um König Otto herum.

»Ich kann wieder alles sehen«, rief er dabei, »ganz deutlich. Ich erkenne sogar die geplatzten Äderchen auf euren Nasen – was für eine Farbenpracht!«

»Schaut euch meine Arme an«, rief er, »diese Haut! Wollt ihr mal fühlen, wie straff und glatt sie ist?«

Er streckte den beiden seine Arme entgegen. König Otto kniff anerkennend ins Bindegewebe. Prinz Alphons trabte zu einem Spiegel.

»Wie schön ich bin«, rief er, »wie unglaublich jung und gutaussehend.«

»Ja, sehr schön«, sagte die Fee, »aber du solltest dir trotzdem etwas anziehen. Einer meiner Pagen wird dir was leihen.«

»Na gut«, rief Alphons. »Das muss aber schnell gehen, denn ich will sogleich zu Prinzessin Florentine zurückfahren.«

Doch als Prinz Alphons und König Otto in das rosenumwucherte Schloss zurückkehrten, hatte sich in den wenigen Stunden ihrer Abwesenheit einiges verändert. Nicht nur, dass der Staub entfernt worden war und Königin Augusta und Prinzessin Florentine jetzt neue und ungewohnt hochgeschlossene Kleider trugen, auch Alphons Großneffen hatte man inzwischen aus der Dornenhecke gepflückt. Er saß frisch gewaschen und gekämmt neben Florentine am Tisch und hielt ihre Hand.

»Wir haben uns gerade verlobt«, eröffnete er Prinz Alphons. Florentine errötete zart. Alphons wurde plötzlich schwindlig. Er sackte auf die Knie und musste sich an einer Säule festhalten.

»Das kannst du dem Jungen nicht antun«, polterte König Otto. »Er hat hundert Jahre auf dich gewartet. Und sieh nur, wie hübsch er jetzt wieder ist! Alles deinetwegen. Ich verbiete dir, diesen anderen da zu heiraten! Wer ist das überhaupt?«

»Es ist König Benno, ein Großenkel König Corsos«,

zischte Königin Augusta. »Du willst doch wohl keinen Streit mit dem Nachbarreich?«

»Und ich mag reife und erfahrene Männer eben lieber als so grüne Jungs«, sagte Florentine.

»Aber ich bin reif und erfahren«, rief Alphons verzweifelt. »Ich bin hundertfünfzehn Jahre alt. Noch reifer und erfahrener kann man gar nicht sein. Ich sehe doch bloß so jung aus. Im Gegensatz zu Benno! Hast du dir eigentlich mal seinen Hals angesehen.«

»Ja, aber Benno ist König und du bist mit hundertfünfzehn Jahren immer noch Prinz«, sagte Florentine und drückte die Hand ihres Verlobten. Alphons erhob sich so wackelig, als wäre niemals eine Verjüngungskur an ihm vorgenommen worden.

»Ach, so ist das«, sagte er gepresst, drehte sich um und ging, um Haltung bemüht, hinaus.

Zwei Monate später hatte Alphons mit Hilfe der »Patriotischen Traditionalisten« – einem Geheimbund erzkonservativer Adliger, die schon immer der Meinung gewesen waren, dass Prinz Alphons der einzig wahre und rechtmäßige König des Reiches sei – seinen Großneffen gestürzt und ihn auf eine zugige Ritterburg im steinigen Hochgebirge, knapp unterhalb der Schneegrenze, verbannt. Woraufhin Prinzessin Florentine die bevorstehende Hochzeit absagte.

Alphons bestieg als Alphons der Jugendliche den Thron, wurde aber bald nur noch Alphons der Liederliche genannt, weil er sich zu einem der lasterhaftesten und vergnügungssüchtigsten Könige entwickelte, die das Land je erlebt hatte. Die wiedergeschenkte Jugend mit all ihren Möglichkeiten und die große Enttäuschung, die es zu überwinden galt, ließen eine Überfülle von Wünschen in ihm aufkeimen. Hatte er in seinem ersten Leben noch Jahr für Jahr befriedigt abgestrichen, weil mit jedem neuen Kalender auch das Wiedersehen mit Prinzessin Florentine näher gerückt war, so überkam ihn jetzt mit jedem Frühlingsbeginn ein leises Erschrecken und ein Gefühl der Bedrückung, denn er fragte sich dann unwillkürlich, wie viele Frühlinge er wohl noch würde erleben dürfen. Deswegen ließ er keine Jagd, keinen Tanz, keinen Schnaps, keine Prügelei und keine Gelegenheit aus, hatte unheimlich viel Spaß, sah aber schon zehn Jahre später verquollen und verlebt aus und wurde von diversen Zipperlein und einem Bandscheibenvorfall geplagt. Durch seinen aufsässigen, schmerzenden Körper dazu gezwungen, entdeckte König Alphons nun ein zweites Mal die Freuden der Mäßigkeit und der geruhsamen Bewegung an frischer Luft. Er betrieb Leibesübungen, nahm Bäder, hielt den Kopf kühl und die Füße warm und übte vorzüglich das tägliche Reiben des Körpers mit einem Leinensäckchen voller Kieselsteine. Außerdem stellte er fest, dass er die jungen Leute, mit denen er sich die letzten zehn Jahre herumgetrieben hatte, eigentlich gar nicht leiden konnte. Er fand sie dumm, vorlaut und allzu sehr von sich überzeugt, fand ihre Witze platt und ihre Sorgen belanglos. Alphons begann, sich wieder mit seinen langsam wachsenden Bäumen zu beschäftigen, und traf sich regelmäßig mit Patentante Fanny und König Otto zum Kartenspiel. Bei dieser Gelegenheit erfuhr er auch davon, dass Prinzessin Florentine sich seit Jahren nach ihm die Augen ausweinte und keinen anderen Mann ansehen wollte.

»Nun sei doch nicht so nachtragend«, sagte die Fee Fanny. »Wir machen schließlich alle mal Fehler.«

»Florentine liebt dich«, sagte König Otto, »genau genommen hat sie dich schon immer geliebt. Es war Augusta, die ihr damals diesen Floh ins Ohr gesetzt hat, dass sie unbedingt einen König heiraten müsse. Na, und außerdem bist du ja jetzt König.«

Auch Alphons hatte in den kurzen Pausen zwischen zwei Vergnügungen immer wieder an die Prinzessin denken müssen – anfangs voller Zorn und Rachegelüste, dann aber mit immer größerer Sehnsucht. Eine hundert Jahre währende Liebe konnte man eben nicht so einfach vom Tisch wischen. Er ließ Florentine noch ein paar Wochen zappeln, aber dann tat es ihm leid um die schöne Zeit, und er gestattete ihr, ihn zu besuchen. Die Hochzeit wurde noch für dieselbe Woche angesetzt, weil Alphons eine immer größere Aversion gegen das Warten entwickelte. Und die Fee Fanny lud er gleich als Erste ein.

König Alphons und Königin Florentine wurden sehr glücklich miteinander, denn da sie trotz ihrer scheinbaren Jugend bei der Vermählung beide schon weit über hundert Jahre alt waren, so fehlte es ihnen nicht an der nötigen Reife, die zu einem solchen Glück notwendig war. Alphons machte sich keinerlei Illusionen über den Charakter und die Beweggründe seiner Frau, und Florentine machte sich wiederum keine Illusionen darüber, was im Alter mit einem Ehemann wie Alphons auf sie zukommen würde. Sie liebten sich einfach trotzdem. Und so lebten sie vergnügt bis an ihr Ende, wurden zusammen älter, bekamen zusammen Pergamenthaut und Putenhälse und hatten sich immer gern.

Bruder Lustig

LS UNSER HERRGOTT wieder einmal auf Erden wandelte, da begegnete ihm ein Soldat. Der fragte sogleich nach dem Woher und Wohin, und bevor der Herr Jesus noch antworten konnte, nötigte ihn der Soldat, sich mit ihm auf eine zerschossene Mauer zu setzen, zog ein kariertes Schnupftuch und einen Kanten Brot aus seinem Tornister, breitete das Tuch auf der Mauer aus, brach das Brot in zwei Hälften und reichte dem Herrn die eine davon.

»So wollen wir es von nun an immer halten. Lass uns zusammen weiterziehen, Kamerad, und alles, was der eine findet oder erwirbt, das teilt er mit seinem Bruder. Denn Brüder sind wir in der Armut, ich bin der Bruder Lustig und du der Bruder Gemach.«

Das gefiel dem Herrn Jesus gut, er schlug in die ausgestreckte Hand ein, warf einen flüchtigen Blick auf die zusammengewürfelten Uniformteile, die Bruder Lustig trug, und fragte:

»Warum bist du eigentlich nicht bei deiner Kompanie?«

»Es war einmal ein großer Krieg, und als der Krieg zu Ende war … aber was bist du so neugierig?«, sagte Bruder Lustig. »Die Vergangenheit wollen wir nicht teilen. Davon wird niemand satt.«

Also zogen sie miteinander fort. Wie sie eine Stunde auf der staubigen Straße gegangen waren, warf Bruder Lustig einen begehrlichen Blick auf die Jutetasche des Herrn und sagte:

»He, Bruder Gemach, nun bist du an der Reihe, den Wirt zu geben. Ich sehe da einen Flaschenhals aus deiner Tasche ragen. Ein Schluck Wein wäre mir gerade recht.«

»Ich kann dir davon nicht geben«, sagte der Herr Jesus, »denn es ist kein Wein, den ich mit mir trage, sondern das Wasser des Lebens. Kein Mensch darf davon trinken, wenn er nicht krank ist oder verletzt.«

Bruder Lustig verzog missmutig das Gesicht.

»Das fängt ja gut an. Eben noch hast du geschworen, alles mit mir zu teilen, und nun willst du mir nicht einmal einen Schluck von deinem Wein abgeben. Ein schöner Kamerad, also wirklich.«

Bald darauf kamen sie an einen steilen Abhang. Da tat der Bruder Lustig, als würde er stolpern, warf sich auf den Boden und rief:

»Oh mein Bein, mein Bein! Schnell gib mir von deinem Wasser des Lebens zu trinken.«

Der Herr Jesus entkorkte die Flasche und reichte sie ihm, und Bruder Lustig tat einen langen Zug. Gleich spie er es dem Herrn wieder vor die Füße.

»Pfui Teufel, das ist ja das reinste Wasser! Was soll ich damit, ich bin doch kein Fisch?«

Der Herr Jesus korkte die Flasche sorgfältig wieder zu und verstaute sie in seiner Jutetasche. Bruder Lustig rappelte sich auf, klopfte den Staub von seiner Hose und sah die Straße hinunter, auf der ein Moped angefahren kam, das eine lange Staubwolke hinter sich herzog. Auf dem Moped saß ein bärtiger Bauer.

»Bist du der, der den Fahrer des Kommandanten geheilt hat?«

»Der bin ich«, erwiderte Jesus.

»Meister, ich bitte dich, so heile auch meine Tochter, die im Sterben liegt.«

»Bring mich zu ihr«, sagte Jesus. Er stieg hinter dem Bauern auf das Moped und hielt sich an seinen Schultern fest, und hinter dem Herrn stieg Bruder Lustig auf und hielt sich am Gepäckträger fest. So fuhren sie zu einem Dorf in den Bergen. Dort war eine Menschenmenge vor einem Haus versammelt. Die Frauen klagten und schrien und warfen die Hände in die Luft, und als der Herr Jesus zusammen mit dem Soldaten und dem Bauern in das Haus trat, lag da ein junges Mädchen auf einem Bett, schön von Angesicht, aber mit verbrannten Armen und Beinen und so tot, wie jemand nur tot sein konnte.

»Es ist noch nicht verloren«, sagte Jesus. »Bringt mir

den größten Kessel, den ihr habt, füllt ihn mit kochendem Wasser, bringt mir scharfe Messer und Sägen, und lasst mich die Nacht über mit der Toten allein.«

Die Dorfbewohner brachten den Kessel und das Wasser, entzündeten darunter ein Feuer, legten Messer und Sägen neben das Feuer und verließen das Haus wieder.

»Ich bleibe bei dir«, flüsterte Bruder Lustig dem Herrn ins Ohr. »Lass uns warten, bis alle eingeschlafen sind, dann nehmen wir der Hübschen ihr Kreuz vom Hals – es ist ganz aus Gold – und machen uns durch das Fenster aus dem Staub. Du bist doch klüger, als ich dachte.«

Der Herr Jesus antwortete ihm nicht, sondern setzte die Säge an und begann, der Toten den linken Oberarm abzusägen.

»Kamerad, was tust du«, rief Bruder Lustig. »Ich bin ja dafür, dass jeder sein Vergnügen haben darf, aber hier trennen sich unsere Gewohnheiten. Ich will sehen, dass ich verschwinde, ehe du am Ende auch mir einen Arm absägst.«

Er wollte aus dem Fenster klettern. Aber draußen neben dem Fenster standen zwei Bauern Wache. Und kaum hatte er einen Fuß über das Fensterbrett geschoben, da packten sie ihn am Hosenbein:

»Haltet ihn, da will einer verschwinden!«

»Nichts da«, rief Bruder Lustig, »ich brauche bloß einen Strauß Waldmeister, sonst wird die Kur nicht gelingen.«

Einer der beiden Bauern zog los, um Waldmeister zu pflücken, kam auch mit einem Sträußchen zurück, gab es

Bruder Lustig und wollte einen Blick durch das Fenster erhaschen. Aber Bruder Lustig drückte ihm gleich wieder seinen Kopf hinaus, schlug die Läden zu und legte von innen den Riegel vor. Inzwischen hatte seine Reisebegleitung dem Mädchen auch den anderen Arm und die Beine vom Rumpf getrennt und machte sich gerade daran, den Kopf abzusägen.

»Kamerad, lass gut sein«, sagte Bruder Lustig. »Hier schwimmt ja schon alles.«

Doch der Herr Jesus sägte unbeirrt durch Luftröhre und Speiseröhre und zwischen den Halswirbeln hindurch. Er war bis über die Ellbogen mit Blut verschmiert. Selbst im Gesicht hatte er rote Spritzer. Bruder Lustig setzte sich auf einen Hocker, steckte sich eine Zigarette an und inhalierte tief.

»Hast recht. Schlimmer kann es sowieso nicht mehr werden. Morgen früh schlagen sie uns dafür tot – ob der Kopf nun noch dran ist oder nicht. Also tu, was du nicht lassen kannst, und wenn ich dir irgendwie zur Hand gehen soll, lass es mich wissen. So oder so – wir sind schließlich Kameraden.«

»Nimm die Arme und Beine, und wirf sie in den Kessel«, sagte der Herr Jesus und ließ selber den Kopf hineinplumpsen. Bruder Lustig tat, wie ihm geheißen, und zuletzt hoben sie gemeinsam den Rumpf an, wuchteten ihn in den Kessel und ließen alles fröhlich kochen.

»Das ist ein Geruch«, sagte Bruder Lustig, »dass ich für den Rest meines Lebens keine Fleischsuppe mehr werde essen können. Das macht aber auch nichts, da man uns morgen früh sowieso aufhängen wird. So viel ist mal sicher.«

Alle Stunde sah unser Herr Jesus in den Topf, was die Einlage machte, und als alles Fleisch von den Knochen gefallen war, stieß er den Kessel um, dass sich die ganze Brühe im Zimmer verteilte.

»Herrgottnochmal«, rief Bruder Lustig und schob mit dem Fuß einen Oberarmknochen zur Seite, »du legst es wirklich darauf an, mir die letzte Nacht meines Lebens zur Höllenfahrt zu machen. Wie bin ich eigentlich darauf gekommen, dich Bruder Gemach zu nennen? Bruder Grusel wäre ein passenderer Name gewesen.«

»Nun suche die Knochen zusammen, und bringe sie mir.«

Unter allerlei Flüchen machte sich Bruder Lustig daran, die Knochen zusammenzusuchen, und der Herr Jesus legte sie auf einer noch trockenen Stelle auf dem Boden aus, legte jeden Knochen an seinen Platz, bis vor ihnen das ganze Skelett des toten Mädchens lag, der Atlas im Dreher steckte, die Oberschenkelknochen in den Hüftschalen lagen und nicht einmal ein Fingerknöchelchen fehlte.

Sodann entkorkte der Herrgott seine Flasche mit dem Wasser des Lebens, sprengte reichlich davon über das Gerippe und sprach dreimal: »Jungfer, im Namen der Heiligen Dreifaltigkeit, ich sage dir, kehre zurück, und erhebe dich!«

Beim ersten Mal überzogen sich die Knochen mit

Fleisch und Sehnen – ein Anblick, der dem Bruder Lustig die Haare zu Berge stehen ließ. Beim zweiten Mal überzog sich das Fleisch mit Haut, und die Bauerntochter lag wieder ganz und heil vor ihnen, und hatte auch keine Brandmale mehr. Und als er es das dritte Mal sagte, füllten sich ihre Wangen mit Blut, der Brustkorb hob und senkte sich, und dann schlug die Bauerntochter die Augen auf und fragte: »Wer seid ihr?«

»Geschafft! Was bist du nur für ein Teufelskerl, Bruder Gemach!«, rief Bruder Lustig. Er stieß die Fensterläden auf, dass die Sonne hereinschien, sah noch einmal in den umgestürzten Kessel, aber darin war nur ein Rest klarsten Wassers, und auch der Herr Jesus hatte nicht einen einzigen Blutspritzer mehr im Gesicht.

Nun kamen die Bauern herein, das Wunder zu bestaunen, und der Vater schloss unter Tränen seine Tochter in die Arme. Er holte einen Packen Geldscheine aus der Hosentasche.

»Das ist alles, was ich habe.«

Aber der Herrgott wollte das Geld nicht nehmen.

»Sei nicht blöd, wir können es doch gebrauchen«, zischte ihm Bruder Lustig zu. »Außerdem gehört die Hälfte davon mir. Du kannst es nicht einfach ausschlagen.«

Der Herr Jesus aber wollte nichts nehmen, so sehr ihn der Bauer auch drängte. Da ging der Bauer hinaus und kam mit einem Lamm wieder und sagte, das dürfe der Meister nicht ablehnen, und als der Herr Jesus abermals den Kopf schüttelte, drückte der Bauer das Lamm einfach dem Bruder Lustig in die Arme, der es sich auch sofort über die Schultern legte.

Als sie weiterzogen, wurde es dem Bruder Lustig aber bald schon beschwerlich, das Lamm zu tragen. Er setzte es auf den Boden, schnitt ihm die Kehle durch, zog das Fell ab und machte ein Feuer zwischen zwei großen Steinen.

»Ich gehe mir ein wenig die Füße vertreten«, sagte der Herr Jesus, »vom Kochen verstehe ich sowieso nichts. Aber warte mit dem Essen, bis ich wieder da bin. Versprichst du mir das?«

»Ja, ja«, sagte Bruder Lustig, nahm die Eingeweide aus dem Lamm, spießte den Braten auf einen dicken Ast und hängte ihn über das Feuer. Herz, Leber und Nieren aber legte er auf die Steine, dorthin, wo die bereits heiß geworden waren. Binnen Kurzem kitzelte ihn der Geruch von Gebratenem in der Nase. Warum muss der Bruder Gemach jetzt auch unbedingt spazieren gehen, dachte Bruder Lustig, als wenn wir nicht schon den ganzen Tag gelaufen wären. Er schnitt sich ein Stück vom Herz ab, um zu prüfen, ob es gar war. Eigentlich ist es ja mein Lamm, dachte Bruder Lustig, wenn es nach Bruder Gemach gegangen wäre, könnten wir jetzt Gras kauen. Er schnitt sich ein Stück von der Leber ab. Das Gekröse zählt nicht, dachte Bruder Lustig und verschlang nacheinander das Herz, die Leber und die Nieren.

Endlich kam der Herr Jesus zurück und setzte sich ans Feuer.

»Du musst Hunger haben«, sagte Bruder Lustig, »ich lös dir eine schöne fette Keule aus.«

»Nein danke«, sagte der Herr, »du kannst das ganze Lamm allein essen. Ich möchte bloß die Leber.«

Bruder Lustig stand auf, nahm sein Messer und stocherte lange und tief in dem Lamm herum.

»Ach wie dumm wir sind«, rief er plötzlich und lachte, »ein Lamm hat ja gar keine Leber. Da können wir lange suchen.«

»Aber gewiss doch«, sagte der Herrgott, »ein jedes Tier hat eine Leber.«

»Aber gewiss doch nicht«, rief Bruder Lustig erbost. »Ein Lamm hat keine Leber, ein Pferd kann nicht kotzen, auch nicht direkt vor der Apotheke, und wenn du mir nicht glaubst, such doch selbst. Es ist keine Leber da.«

»Wo mag sie wohl hingekommen sein«, fragte Jesus.

»Von deinen Fragen wirst du nicht satt«, erwiderte Bruder Lustig versöhnlich. »Hier nimm eines von den knusprigen Rippchen.«

Aber der Herrgott weigerte sich, auch nur einen Bissen von dem Lamm anzurühren, solange er nicht erführe, wohin die Leber gekommen sei. Bruder Lustig musste es sich allein schmecken lassen und am Ende das restliche Fleisch in seinen Tornister packen. Dann wanderten sie weiter, bis ihnen ein Fluss den Weg abschnitt.

»Geh du voran«, sagte Bruder Lustig zum Herrn, »wer weiß, wie tief das hier ist, und ich kann nicht schwimmen.«

Der Herr Jesus schritt ohne zu zögern durch die Furt, und das Wasser reichte ihm nur bis zum Knie. Bruder Lustig ging ihm nach, aber kurz bevor er das Ufer erreichte, versank er bis zu den Schultern. Die Strömung war stark und drohte, ihm die Beine wegzureißen.

»Reich mir deine Hand, und hilf mir heraus«, rief Bruder Lustig.

»Erst will ich wissen, wohin die Leber gekommen ist«, sagte der Herr.

»Was für eine Leber? Es gab keine«, rief Bruder Lustig und versuchte sich allein aus dem Fluss zu kämpfen, geriet aber bloß in eine noch größere Untiefe. Das Wasser reichte ihm nun bis zur Unterlippe.

»Schnell, gib mir deine Hand! Ich treib gleich ab.«

»Willst du auch gestehen, dass du die Leber von dem Lamm gegessen hast?«

»Ich habe deine verdammte Leber nicht gegessen. Wie oft soll ich es denn noch sagen? Schnell, gib mir deine Hand!«

Der Herrgott seufzte und zog ihn heraus.

»Du hättest dir wirklich keinen besseren Zeitpunkt aussuchen können, um wieder mit deiner scheiß Leber anzufangen«, sagte Bruder Lustig erbost.

Nicht weit und sie kamen an eine Kreuzung.

»Hier trennen sich unsere Wege«, sagte der Herr, »denn ich mag nicht mit einem Lügner durch die Lande ziehen.«

»Das musst du selber wissen«, sagte Bruder Lustig

und nieste, weil er immer noch seine nassen Kleider trug. »Wenn du denkst, ich würde dich wegen einer dämlichen alten Leber anlügen, dann tust du mir leid. Ich war's nicht, kapiert?«

Er wrang einen seiner Ärmel aus und klapperte mit den Zähnen.

Der Herrgott las eine kleine PET-Flasche vom Wegrand auf und füllte sie mit dem Wasser des Lebens. Davon sollte der Bruder Lustig stündlich einen Tropfen auf die Zunge nehmen, im Ganzen siebenmal, und jetzt adieu.

Bruder Lustig sah dem Herrgott nach, wie er hinter der nächsten Wegbiegung in einem Wäldchen verschwand. Es ist gut, dass er abtrabt, dachte er, während er sich in die entgegengesetzte Richtung wandte, irgendwie war das doch ein unheimlicher Typ. Er setzte die PET-Flasche an den Mund, um den ersten Tropfen vom Wasser des Lebens auf seine Zunge rinnen zu lassen, aber dann überlegte er es sich anders, schraubte die Flasche wieder zu und steckte sie in seinen Tornister. Eine Erkältung, die ging schon von alleine weg. Wie Bruder Lustig so vor sich hin schritt, hielt auf einmal ein Kleinbus neben ihm, und vier junge Leute sprangen heraus. Einer von ihnen trug eine Filmkamera unter dem Arm.

»Seid ihr der Wunderarzt, der die hoffnungslosen Fälle heilt?«

»Gewiss, der bin ich«, sagte Bruder Lustig.

Da schoben sie ihn gleich in den Kleinbus und verfrachteten ihn in die nächste Stadt zum Haus des berühmten

Fußballspielers. Doch als sie dort in die Einfahrt bogen, kam ihnen bereits ein anderes Fernsehteam entgegen.

»Ihr kommt zu spät«, sagte deren Kameramann, »das Kind ist bereits tot. Und im Gegensatz zu euch haben wir die Bilder.«

»Nun, das werden wir sehen«, erwiderte Bruder Lustig, holte die PET-Flasche aus seinem Tornister, klingelte an der Haustür und rief:

»Ich kann die Toten wieder zum Leben erwecken!«

Daraufhin kamen zwei Sicherheitsleute aus dem Haus, packten ihn unter den Armen und setzten ihn außerhalb des Grundstücks wieder ab. Auch den Kleinbus scheuchten sie weg. Bruder Lustig wartete vor dem Gartenzaun, das Filmteam filmte das Haus, dann wurde es dunkel, und das Filmteam fuhr wieder davon. Bruder Lustig setzte sich auf den Boden, lehnte sich gegen den Gartenzaun und schlief ein. Um Mitternacht erwachte er davon, dass ihn jemand an der Schulter schüttelte. Die Frau des berühmten Fußballspielers stand vor ihm.

»Leise«, sagte sie, »leise, mein Mann darf dich nicht hören.«

Bruder Lustig ließ sich in die Küche führen und verlangte die größten Töpfe, die es gab, füllte sie mit Wasser und stellte sie auf den Herd. Dann trug er die kleine Tochter des berühmten Fußballspielers in die Küche, legte sie auf den Tisch und schloss sich mit der Leiche ein. Er zog die Gardinen zu, nahm die Messer aus den Schubladen und begann seine Arbeit. In einen Topf warf er die Arme, in einen die Beine, und in einen Topf tat er den Kopf. Den Rumpf musste er noch einmal in vier Teile sägen, um ihn im vierten Topf unterzubringen. Seine Hände zitterten dabei, aber am Ende waren doch alle Knochen blank, und er konnte sie aus der Brühe nehmen und auf dem Fußboden neu sortieren. Den Schädel nach oben. Dann die Wirbel für die Wirbelsäule. Rippen und Beckenknochen. Die beiden großen Knochen mussten die Oberschenkel sein. Aber all die kleinen würfelgroßen Stücke – wohin mit ihnen? Wohin bloß? Doch schließlich lag alles dort, wo es passend schien, und Bruder Lustig sprengte von dem Wasser des Lebens über das Gerippe und sprach: »Ich sage dir, Mädel, steh auf!«

Nichts geschah.

»Im Namen der Heiligen Dreifaltigkeit, steh auf, verdammte Göre!«

Bruder Lustig schüttelte die letzten Tropfen aus der PET-Flasche. »Steh auf, sag ich! Hörst du wohl, du Schlampe!«

Nichts geschah. Schweißtropfen bildeten sich auf seiner Stirn. Und überall war dieser Geruch. Der fürchterliche Geruch von gekochtem Fleisch. Jemand klopfte ans Fenster.

»Ich bin noch nicht fertig«, rief Bruder Lustig.

»Lass mich ein«, sagte die Stimme seines Reisekameraden. Bruder Lustig lupfte die Gardine ein Stück und öffnete das Fenster. Der Herr Jesus kletterte herein. Er sah wütend aus.

»Was versuchst du da, du Unverstand? Hast ja nicht einmal genau hingeschaut.«

»Ich hab's so gut gemacht, wie ich eben konnte«, erwiderte Bruder Lustig bockig, aber auch sehr erleichtert. Der Herrgott ging zu dem Gerippe und legte jeden zweiten Knochen an eine andere Stelle. Und wie es schon hell wurde, war er gerade fertig, sprengte sein Wasser über die Knochen, tat dreimal seinen Spruch, und kurz darauf stand die Tochter des berühmten Fußballspielers gesund und munter vor ihnen. Sie fragte, ob es schon Zeit für den Kindergarten wäre, und lief, ihre Eltern zu wecken.

»Wenn sie uns Geld anbieten, darfst du nicht schon wieder ablehnen«, raunte Bruder Lustig dem Herrgott zu, »die Hälfte davon gehört schließlich mir. Deine Hälfte kannst du ja meinetwegen wieder zurückgeben, aber ich habe auf den Schreck eine Belohnung verdient.«

Doch diesmal nahm der Herr Jesus das Geld widerstandslos an – es war eine ganze Sporttasche voll. Der Bruder Lustig durfte sie tragen, wobei er sie immer wieder an sein Herz drückte. Als sie weit genug gegangen und oft genug abgebogen waren, setzte sich der Herr Jesus an den Straßenrand, nahm das Geld aus der Tasche und zählte die Scheine auf drei gleich große Stapel.

»Was wird das denn«, fragte Bruder Lustig.

»Nun habe ich genau geteilt«, sagte der Herr Jesus, »einen Teil für dich, einen Teil für mich, und einen für den, der die Leber gegessen hat.«

»Das war ich«, rief Bruder Lustig und grabschte nach den Scheinen.

»Wie ist das möglich«, fragte der Herrgott, »ich dachte, ein Lamm hätte gar keine Leber?«

»Natürlich hat es eine Leber. Warum sollte es keine haben? Weißt du was – jetzt, wo ich endlich Geld in der Hand halte, lade ich dich in ein schickes Restaurant ein.«

Das war dem Herrn recht. Bruder Lustig hielt ein Taxi an, und sie ließen sich in das beste Restaurant der Stadt chauffieren und bestellten eine große Flasche Rotwein.

»Gott sei Dank, dass die leidige Sache endlich aus der Welt ist«, sagte der Herrgott, nippte an seinem Weinglas und seufzte zufrieden. Aber als die Speisekarte kam, konnte er es sich nicht verkneifen, den Bruder Lustig ein bisschen zu necken.

»Schau mal«, sagte er, »was die hier anbieten: Lammleber in Minzsauce – und dabei hat ein Lamm doch überhaupt keine Leber.«

Augenblicklich verfinsterte sich das Gesicht seines Tischgenossen.

»Hat es auch nicht«, sagte Bruder Lustig böse. »Was da auf der Karte steht, das ist bloß so ein Ausdruck für ein Gericht, das in Wirklichkeit aus ganz normalem Hackfleisch hergestellt wird. Das ist wie bei der Hamburger Aalsuppe – die wird schließlich auch nicht aus Aal gemacht.«

Der Herr verschluckte sich und hustete einen Schwall Rotwein über das Tischtuch.

»Aber du hast es doch vorhin selbst zugegeben, du hast es doch selbst gesagt, dass du die Leber gegessen hast …«

»Da habe ich gelogen«, schnaubte Bruder Lustig. »Ich habe das bloß gesagt, damit ich das Geld bekomme. Und damit du endlich Ruhe gibst. Das wird bei dir ja allmählich zur fixen Idee, dass irgendjemand dir deine Leber weggegessen hat.«

Der Herr Jesus schaute auf seine gefalteten Hände und versuchte, ruhig und konzentriert zu atmen.

Bruder Lustig nahm die beiden Geldbündel aus seinem Tornister und klatschte sie auf den Tisch. »Da hast du dein Leber-Geld. Und meinen Anteil kannst du auch wiederhaben. Ich will ihn nicht. Aber eins sag ich dir: Du wirst niemals denjenigen finden, der die Leber gegessen hat. Weil ein Lamm nämlich gar keine Leber besitzt.«

Und damit stand Bruder Lustig vom Tisch auf und stampfte zum Ausgang. Auf halbem Weg drehte er sich um.

»Kannst du mir noch ein wenig vom Wasser des Lebens abfüllen? Meine Erkältung ist noch nicht richtig ausgeheilt.«

Er hustete zum Beweis.

»Oh nein«, sagte der Herr Jesus, »Du willst es doch nicht etwa noch einmal versuchen?«

»Warum nicht? Letzte Nacht habe ich dir ganz genau auf die Finger gesehen und weiß jetzt, wo die Knochen liegen müssen.«

Der Herrgott seufzte.

»Versprich mir, dass du die Toten ruhen lässt, und ich schenke dir meine Jutetasche. Sie hat die Kraft, dass du alles, was du dir hineinwünschst, im selben Moment darin findest.«

»Na, das ist ein Ding«, sagte Bruder Lustig, »der Handel gilt.«

»Aber nie wieder Knochenwaschen«, mahnte der Herr Jesus und streckte seine Hand aus. Bruder Lustig schlug ein.

»Abgemacht.«

Also blieb der Herr mit dem Wasser des Lebens im Restaurant sitzen und Bruder Lustig ging mit der Jutetasche fort. Wie er einen Kilometer gegangen war, fiel ihm etwas ein, er lachte und wünschte sich das Essen, das der Bruder Gemach im Restaurant inzwischen bestellt haben musste, in die Tasche samt Besteck und Serviette und Weinflasche. Als er in die Tasche hineinsah, fand er alles wie bestellt, nur dass er gern etwas Nahrhafteres als einen kleinen Salat mit Folienkartoffel gefunden hätte und die Rotweinflasche inzwischen leer war.

Bruder Lustig zog noch lange in der Welt herum und litt dank seiner Jutetasche niemals Hunger. Er trennte sich keine Sekunde von ihr, ging abends mit ihr schlafen und wachte morgens mit ihr auf. Endlich aber war er alt geworden, und eines Tages wachte er auf und war tot und fand sich in der Hölle wieder. Gleich kamen ein paar Teufel angelaufen, um ihn auf ihre Forken zu spießen.

Aber Bruder Lustig hielt ja noch seine Jutetasche im Arm.

»Husch, alle Teufel in die Tasche«, rief er. Da mussten alle Teufel der Hölle in die Jutetasche fahren, und sie beulte sich mächtig aus. Nur der Oberteufel stand noch vor dem Bruder Lustig, der hatte beim besten Willen nicht mehr in die Tasche gepasst. Bruder Lustig nahm die Forke, die einer der Teufel verloren hatte, und prügelte damit die Jutetasche durch. Die gefangenen Teufel heulten und jaulten.

»So geht das nicht«, sagte der Oberteufel. »Wir hatten es so schön hier, bevor du gekommen bist. Und eine gewisse Ordnung. Eine Hölle ohne Teufel – wie soll das funktionieren? Kannst du nicht wenigstens die Hälfte von ihnen wieder herauslassen?«

»Na, vielleicht lasse ich ein Viertel wieder hinaus, aber zuerst führe mich zu meinem guten Freund, dem Bruder Gemach«, sagte Bruder Lustig. Der Oberteufel schlug ein feuerrotes, mannshohes Buch auf, blätterte und blätterte.

»Bruder Gemach haben wir hier nicht. Also entweder ist dein Freund noch gar nicht tot, oder er ist in den Himmel gekommen.«

»Ach, und dabei habe ich mich so darauf gefreut, den Bruder Gemach wiederzutreffen«, sagte Bruder Lustig. »Wenn er nicht hier ist, dann will ich auch nicht in der Hölle sein.«

»Na also«, rief der Oberteufel, »alles bloß ein Missverständnis. Habe ich es mir doch gleich gedacht. Wahrscheinlich solltest du längst im Himmel sein, wo dein lieber Freund Gemach bereits auf dich wartet.«

»Du meinst, es war eine Verwechslung?«, fragte Bruder Lustig.

»Aber natürlich. Im Himmel werden sie dich schon schmerzlich vermissen. Am besten, du machst dich sofort auf den Weg. Da vorne geht es hinaus, und dann immer die steilen, steinigen Stufen hoch. Aber vielleicht könntest du vorher noch meine Teufel aus der Tasche lassen. Die können ja schließlich nichts dafür, dass du an der falschen Adresse gelandet bist.«

Bruder Lustig ließ die Teufel aus der Tasche und machte sich auf den Weg in den Himmel. Die Teufel knallten hinter ihm das Höllentor zu, legten drei schwere Riegel vor und schoben noch ein massives Gründerzeit-Vertiko, das des Oberteufels Großmutter gehörte, davor.

Als der Bruder Lustig nun die vielen steilen, steinigen Stufen hinaufgestiegen war, gelangte er an das Himmelstor und klopfte an.

»Name?«, schnarrte es aus der vergitterten Pförtnerloge. Dort saß ein Mann mit einem langen weißen Bart, der einen goldenen Schlüssel am Gürtel trug.

»Ich bin der Bruder Lustig. Und ich suche einen guten Freund von mir, der im Himmel wohnen soll, den Bruder Gemach.«

»Gemach …, Gemach …«, sagte Petrus und blätterte in einem kleinen goldenen Buch, nicht größer als ein Schulheft, »ist hier nicht verzeichnet. Dein Name steht übrigens auch nicht im Buch, und das bedeutet, dass ich dich sowieso nicht hereinlassen kann.«

»Mein Freund wird für mich bürgen. Vielleicht nennt er sich inzwischen anders. Er war so ein dunkler, schlanker Typ mit Bart, und er hat mir diese Jutetasche geschenkt.«

Der heilige Petrus besah sich die Jutetasche genauer, und ihm kam ein Verdacht.

»Warte hier«, sagte er, »ich gehe einmal nachfragen.«

Bruder Lustig wartete und kickte Kieselsteine gegen das Himmelstor. Endlich kam der Apostel zurück.

»Dein Freund ist tatsächlich bei uns im Himmel. Er lässt schön grüßen, aber ich soll dir ausrichten, du kommst nicht herein, bevor du nicht zugibst, dass du die Leber von dem Lamm gegessen hast.«

»Ach verflixt, das ist eine fixe Idee von ihm«, sagte Bruder Lustig, »daran hat er sich nun einmal festgebissen. Er denkt, ich hätte ihm seine Leber weggegessen, dabei weiß doch jeder, dass ein Lamm keine hat.«

»Soso«, sagte der heilige Petrus, setzte sich wieder auf seinen Pförtnerstuhl und blätterte eine Zeitschrift auf.

»Kannst du mich nicht einfach reinlassen?«, fragte Bruder Lustig, »ich regle das dann schon mit meinem Freund.«

»Nein.«

»Dann sag ihm, er ist die längste Zeit mein Freund gewesen«, rief Bruder Lustig, »sag ihm, wenn er aus lauter Rechthaberei nicht einmal ein Wort für mich einlegen will, dann kann er auch seine blöde Jutetasche wiederhaben. Dann will ich gar nichts von ihm haben.«

»So gib sie her«, sagte der heilige Petrus, und Bruder Lustig reichte die Tasche durchs Gitter.

»Bring sie ihm nur gleich, damit er weiß, was ich von ihm halte.«

Der heilige Petrus nickte und ging mit der Tasche in den Himmel hinein. Da sprach der Bruder Lustig:

»Nun wünsche ich mich selbst in die Tasche.«

Und schwupps saß er darin und war im Himmel.

Der Herr Jesus ließ ihn ein paar Jahre in der kratzigen Tasche schmoren, aber schließlich holte er ihn doch noch heraus, und als der Bruder Lustig geblendet von all dem himmlischen Glanz vor ihm stand, sagte er zu ihm: »Nun bist du also doch in den Himmel gelangt, und du darfst hier auch bleiben. Aber können wir uns darauf einigen, dass wir uns nie wieder über Lämmer und ihre Lebern unterhalten?«

»Meinetwegen gern«, sagte Bruder Lustig, »du warst es doch, der ...«

»Schhhh ...«, sagte der Herrgott, hob die gespreizten Hände vor sich und schloss die Augen, »nicht immer das letzte Wort haben wollen, ja? ... Einfach bloß mal schweigen ...«

Grrrimm

N DIESEM WINTER waren die Wölfe bis ins Dorf gekommen. Morgens fand man ihre Spuren im Schnee, und die Müllsäcke waren zerfetzt. Seit die EU-Gelder ausblieben, versuchte die Bezirksverwaltung zu sparen, wo sie konnte und sich niemand beschwerte, und im September war die Müllabfuhr zum letzten Mal den ganzen Berg hinauf bis nach Vifor gekommen. Mauern aus grauen Säcken zogen sich seitdem bauchhoch die Straßen entlang, und nachts machten sich die Wölfe darüber her. Verkrustete Batterien, Apfelsinenschalen, Hühnerknochen und schmutzige Windeln lagen überall herum, Plastiktüten und Papierfetzen wehten die Straßen entlang, und in der Mitte des Kreisverkehrs, der vor einigen Jahren angelegt worden war, als man noch glaubte, aus Vifor einen mondänen Skiort machen zu können,

steckte eine Puppe ohne Arme kopfüber in einer Schnee-
wehe.

Kimi Topolov, dessen Job als Gemeindediener ihm
bisher kaum mehr abverlangt hatte, als seine Schafe in
der Mitte von Vifors einzigem Kreisverkehr weiden zu
lassen, hatte wenig Lust, mit Müllsack, Nagelstock und
gelben Gummihandschuhen durchs Dorf zu laufen und
den Dreck seiner Nachbarn aufzuspießen. Deswegen
beschloss er, lieber gleich die Ursache des ganzen Ärgers
zu beseitigen, lieh sich von seinem Onkel ein Gewehr
und legte sich eines Nachts vor dem Internetcafé auf die
Lauer. Dort hatten die Wölfe besonders schlimm gehaust.
Istvan Brani, dem der vierte Teil des Internetcafés gehörte, leistete ihm Gesellschaft. Etwa zwei Stunden warteten
sie schon – Kimi verkehrt herum auf seinem Küchenstuhl
hockend, den Lauf des Gewehrs auf der Lehne und den
Gewehrkolben locker auf einem Schenkel balancierend,
während Istvan neben ihm stand und ihm seine Theorie
auseinandersetzte, nach der es bloß deswegen Wölfe
in Vifor gab, weil selbsternannte Tierschützer vor zehn
Jahren Wolfswelpen im Kofferraum ihres Autos herauf-
gebracht hätten. Es gab kein Licht außer dem, was der
Schnee reflektierte. Vifors Straßenbeleuchtung bestand
aus zwei rostigen Lampen, die an Drähten über der
Hauptstraße hingen, und die waren schon seit mehreren
Wochen ohne Strom. Ob die Leitung gerissen war oder
ob es sich um eine weitere Sparmaßnahme der Bezirks-
verwaltung handelte, würde sich erst noch herausstellen

müssen. Irgendwann ging Istvan hinter das Café, um sich zu erleichtern. Kimi, dessen Füße sich inzwischen kalt und taub anfühlten, lehnte sein Gewehr an die Hauswand, ging ein paar Schritte, stampfte tüchtig mit den Stiefeln und schlug die Arme um sich. Dann setzte er sich wieder und kramte in seiner Jackentasche nach Tabak und Papier.

Als Istvan zurückkam, hielt er den Kopf gesenkt, weil er immer noch mit seinem Hosenschlitz beschäftigt war. Deswegen entdeckte er zuerst bloß den umgestürzten Stuhl. Dann hörte er ein Knurren, Klappern und Klatschen, als versuchte jemand einen Propeller anzuwerfen, in dem sich die Beine einer klitschnassen Jeans verfangen hatten, und als er aufschaute, sah er, wie ein Wolf Kimi Topolov rückwärts die Hauptstraße entlangschleifte. Es war der größte und hässlichste Wolf, den Istvan jemals gesehen hatte – räudig und gemein und unter Naturschutz stehend –, und er hatte die Zähne wie ein Fangeisen in Kimis Schulter gegraben. Das Fell des Wolfes war rötlich – mit dicken schwarzen Querstreifen –, und er war absolut riesig – mehr ein Bär als ein Wolf, aber trotzdem so mager, dass man die Rippen zählen konnte. Konzentriert stemmte er die Vorderpfoten gegen den Asphalt, und jedes Mal, wenn er den Kopf senkte und Kimi Topolov mit heiserem Knurren durchschüttelte, um ihm das Genick zu brechen, schlackerten dessen Arme und Beine wie die einer abgeschnittenen Marionette. Istvan dachte nicht an das Gewehr, das immer noch an der Wand lehnte.

Brüllend rannte er los, sprang dem schwarz gestreiften Ungetüm auf den Rücken, biss ihm ins dreckige, bitter schmeckende Ohr und bohrte ihm beide Daumen in die Augäpfel. Der Wolf löste seine Zähne aus Kimis Schulter, schüttelte Istvan mit einer einzigen Bewegung ab und schnellte herum. Istvan war auf den Rücken gefallen. Der Wolf starrte auf ihn herunter. Gelber Geifer tropfte aus seinem Maul. Als er zuschnappte, riss Istvan den rechten Arm vor sein Gesicht, und der Wolf biss durch Haut, Fettgewebe, Muskeln und Sehnen vier kreisrunde Löcher bis auf den Knochen. Istvan schrie, und in einem Haus gingen die Lichter an. Ein Fenster wurde aufgestoßen. Der Wolf ließ von seiner Beute ab und flüchtete in langen Sprüngen die Straße hinunter. Mitten im Lauf schnappte er sich einen der prall gefüllten Müllsäcke, die am Straßenrand standen, und verschwand mit seiner Beute in der Dunkelheit.

Stepan

Rotkäppchen wohnte in Vifor, einem der höher gelegenen Bergdörfer. Ihr Vater war Kimi Topolov, der Gemeindediener, und ihre Mutter hatte angeblich schon einmal im Gefängnis gesessen. Die ganze Familie – ich glaube, es waren zwölf Geschwister, aber genau kann ich das nicht sagen, weil auch immer irgendwelche Cousins oder Cousinen zu Besuch waren – lebte in einer Holzbaracke, durch deren Bretter der Wind pfiff. Rotkäppchen war nicht das älteste und nicht das jüngste Kind, sondern irgendwo dazwischen zur Welt gekommen, als fünftes, siebtes oder achtes. Sie war ziemlich hübsch – wenn man die großnasige, herbe und schnellverblühende Schönheit unserer Bergmädchen zu schätzen weiß –, freundlich und hilfsbereit, und trotz ihrer merkwürdigen und auffälligen Kopfbedeckung hatte sie jeder, der sie kannte, gern. Mit Ausnahme ihrer eigenen Familie. Für die war sie so eine Art Fußabtreter. Eigentlich hieß sie ja auch Elsie. Rotkäppchen wurde sie genannt, weil ihre Großmutter, die alte Uchatka, einmal eine rote Kappe für sie gehäkelt hatte. Elsie war damals zwölf. Ich weiß nicht, wie das woanders läuft, aber hier bei uns in den Bergen ist es der soziale Tod, wenn jemand als Einziger auf dem Schulhof eine rote Kappe trägt, während alle anderen eine schwarze haben. Elsie wurde danach bloß noch »Feuermelder«, »Rotkäppchen« oder »Flammendes Inferno« gerufen – solche Namen halt. Ihre Geschwister trieben es am längsten und am ärgsten, und am allerärgsten trieb es die kleine Petronella. Elsie weinte und weinte und wollte überhaupt keine Kappe mehr aufsetzen, obwohl damals in Vifor ein neuer Kälterekord von minus 42 Grad gemessen wurde, und schließlich verbot die Mutter den Geschwistern, weiterhin »Feuermelder« oder »Zigarettenanzünder« zu Elsie zu sagen, sie dürften sie allenfalls Rotkäppchen nennen, das sei doch schließlich gar kein böser Name, da solle sich Rotkäppchen mal nicht so anstellen. Der Name ist ihr dann geblieben, und irgendwann war es ein Name wie andere auch, und die Hänseleien wurden seltener und gutmütiger, auch weil Rotkäppchen angefangen hatte, ihre Kappe mit erhobenem Kopf zu tragen. Ich war schon damals in sie verliebt. Einmal habe ich ein halbes Jahr lang mein Taschengeld gespart und ihr davon eine neue Mütze gekauft, eine schwarze, die haargenau so aussah wie die Mützen, die die anderen Mädchen trugen, aber Elsie sagte, dafür sei es jetzt zu spät, und sie habe die Absicht, die rote Kappe bis an ihr Lebensende zu tragen, und anschließend wolle sie damit auch begraben werden. Sie wirkte immer so nett und freundlich, aber wenn es darauf ankam, war sie ganz schön hart, und das musste sie bei dieser Verwandtschaft wohl auch sein. Wir waren bloß Freunde, wir gingen zusammen ins Kino und so, und wir waren uns einig, dass unsere einzige Chance darin bestand, dieses Kaff so früh wie möglich zu verlassen. Als ich mich endlich traute, ihr zu sagen, dass ich gern richtig mit ihr zusammen sein wollte, sagte Rotkäppchen, dafür wäre ich zu klein. »Zu jung«, verbesserte sie sich, aber ich hatte sie schon verstanden. Außerdem war ich bloß ein Jahr jünger als sie. Dann bekam mein Vater Arbeit beim Gleisbau, und meine Familie zog fünfzehn Kilometer bergab nach Schiponek. Durch meinen Vater bekam ich dann ebenfalls einen Job beim Gleisbau, und in den nächsten zwei Jahren wuchs ich vierzehn Zentimeter und nahm zwanzig Kilo reine Muskelmasse zu. Die ganze Zeit fuhr ich kein einziges Mal nach Vifor hinauf – so verletzt war ich. Aber irgendwann stand ich morgens mit nacktem Oberkörper vor dem Spiegel und dachte, dass Rotkäppchen es zwar nicht verdient hatte, dass ich je wieder auch nur einen einzigen Blick an sie verschwendete, dass es aber möglicherweise an der Zeit sein könnte, dass sie *mich* zu sehen bekam. Ich nahm mir vor, gleich am nächsten Wochenende per Anhalter hinauf nach Vifor zu fahren. Aber am Donnerstag hatte ich dann den Unfall, und danach war ich ja erst mal weg vom Fenster.

Elsie

Der Tag war zunächst ganz gewöhnlich verlaufen. Nach der Schule saß ich mit meiner jüngsten Schwester Petronella am Tisch und half ihr bei den Hausaufgaben. Meine Mutter saß bei uns und schälte Kartoffeln. Es war sehr kalt, der Wind jaulte ums Haus, und Schneeflocken wirbelten vor den Fenstern. Deswegen hatten wir den Tisch in die Nähe des Ofens gerückt. Meine Brüder kämpften bäuchlings auf dem Dielenboden liegend mit ihren Spielkonsolen gegeneinander, und meine anderen Schwestern hockten im Schneidersitz auf dem Teppich und flochten Körbe aus bunten Plastikstreifen, die sie im Sommer an die Touristen verkaufen wollten. Direkt vor dem Ofen saß mein Vater in seinem Schaukelstuhl und wiegte sich leise jammernd hin und her. Vor vier Wochen war er von einem Wolf gebissen worden. Völlig zerschunden und blutüberströmt war er mit Istvan Brani von der Jagd nach Hause gekommen. Vater hatte mehrere böse Wunden gehabt, die an den Rändern ausgefranst waren und sich vom Schlüsselbein über die Schulter bis in die Nähe des Rückgrats verteilten. Meine Mutter hatte sofort eine Flasche Kopolsky darübergeschüttet. Bei Istvan sah es eigentlich gar nicht so schlimm aus: Außer ein paar Schrammen und blauen Flecken hatte er nur einen einzigen Biss am Arm abbekommen, und nachdem meine Mutter ihn ebenfalls mit Kopolsky versorgt hatte, ging er zu Fuß in seine Junggesellenwohnung. Aber am darauffolgenden Tag entzündete sich die Wunde an seinem Arm und begann zu nässen und zu stinken. Er bekam Fieber und musste sich ins Bett legen, hielt es jedoch für übertrieben, deswegen gleich einen Arzt anzurufen. Am dritten Tag wurde der Gestank so übel, dass sich niemand mehr mit ihm im selben Haus aufhalten wollte, und Istvan sprach dem Arzt aus Schostinek auf den Anrufbeantworter. Meine Eltern schickten mich zu ihm, ihn zu pflegen. Schließlich hatte er meinen Vater gerettet. Alle zwei Stunden wusch ich die eiternden, stinkenden Löcher in seinem Arm, aber es ging ihm bloß schlechter und immer schlechter. Inzwischen mussten sich sogar die Leute, die am Haus vorbeigingen, die Nase zuhalten. Als der Arzt am fünften Tag kam, konnte er nur noch die Fenster aufreißen und den Totenschein ausstellen. Mein Vater schien hingegen noch einmal davongekommen zu sein. Die scheußlichen Wunden heilten zu, und er konnte schon nach wenigen Tagen das Bett wieder verlassen und seinen gewohnten Wirtshausbesuchen nachgehen. Dann verschlechterte sich sein Zustand plötzlich. Die Narben auf der Schulter brachen auf, und es stellte sich heraus, dass es darunter die ganze Zeit geeitert hatte. Auch mein Vater bekam Fieber, dazu noch Schüttelfrost. Ständig saß er vor dem Ofen, pulte an seinen durchgesuppten Verbänden, und jammerte vor sich hin.

»Was zappelst und winselst du da herum?«, fragte meine Mutter, und kürzte sich mit dem Kartoffelschälmesser den Daumennagel.

»Es tut eben weh«, schnauzte mein Vater, »die Bisse tun höllisch weh, und ich habe nicht mal eine Aspirin. Aber das interessiert hier ja niemanden. Eines der Kinder muss zur Apotheke gehen.«

»Und womit sollen wir das bezahlen?«, keifte meine Mutter. »Du hast doch wieder alles versoffen. Eines Tages werden sie uns noch diese Bruchbude unter dem Hintern wegpfänden.«

»Soll ich hier verrecken, bloß weil du zu geizig bist, mir ein paar Tabletten zu kaufen?«, brüllte mein Vater. »Dann soll deine Mutter mir etwas zusammenbrauen, die kann das doch, die alte Hexe.«

Meine Geschwister sahen unruhig zu meiner Mutter herüber. Sie hofften wie ich, dass sie es nicht zulassen würde, dass einer von uns den Weg zur Großmutter antreten musste, der nicht nur lang und anstrengend war – fast die halbe Strecke bis Schiponek –, sondern auch durch den Wald führte, wo immer noch der Wolf sein Unwesen trieb, der Istvan Brani und unseren Vater gebissen hatte.

»Kinder«, sagte meine Mutter, »einer von euch muss zur Großmutter gehen.«

Meine Geschwister sahen zu Boden. Und dann sahen sie alle mich an.

»Rotkäppchen«, sagte meine Mutter, »nimm diesen Korb, eine Flasche Wein und den Kuchen, den ich heute Nachmittag gebacken habe, und bringe ihn der Großmutter. Sie hat lange keinen Besuch mehr gehabt. Und wenn du schon einmal bei ihr bist, frage sie bei der Gelegenheit auch gleich einmal nach Medikamenten gegen Kopfschmerzen und gegen Fieber und Erkältungen, überhaupt alles, was sie dahat. Als wir sie das letzte Mal besuchten, habe ich eine angebrochene Packung Paracetamol in ihrem Alibert gesehen. Und falls sie gar nichts hat, soll sie dir eben etwas aus ihren Kräutern brauen.«

»Jetzt?«, sagte ich. »Es ist ja schon halb zwei. Hin und zurück, das schaffe ich nicht, bevor es dunkel wird.«

»Ach, wenn du dich ein bisschen beeilst und nicht herumtrödelst und Blumen pflückst, solltest du das schon schaffen«, meinte meine Mutter. Ich antwortete, dass es draußen schneie und es gar keine Blumen mehr gebe, und da sagte meine Mutter: »Na, siehst du, dann steht dem ja nichts mehr im Wege. Und vergiss nicht, das rote Käppchen aufzusetzen, Großmutter freut sich, wenn sie das Käppchen an dir sieht, und wir können uns nicht erlauben, sie zu verärgern. Vielleicht gibt sie dir ja etwas Geld für Annies Schulausflug. Erzähle ihr, dass Annie einen Schulausflug macht.«

Die rote Kappe, die ich aufsetzen sollte, hatte meine Großmutter eigentlich für Petronella gehäkelt, die das Lieblingskind meiner Großmutter war. Aber Petronella hatte sich auf den Boden geworfen und gellend geschrien, wenn man die rote Kappe nur in ihre Nähe brachte. Und da hatte meine Mutter bestimmt, dass ich Petronella meine schwarze Mütze geben und dafür die rote Kappe aufsetzen sollte, sonst wäre Großmutter gekränkt und das wolle ich doch wohl nicht.

Ich zog den dicken Pullover meiner Schwester Annie an und darüber die Daunenjacke meines ältesten Bruders Joppi, die bis weit über meine wollenen Röcke hinunterreichte, lieh mir die Fäustlinge meines Vaters und die Moonboots meiner Mutter, legte noch ein langes scharfes Messer in den Korb neben den Kuchen, setzte zuletzt auch noch die verdammte rote Kappe auf und machte mich auf den Weg.

»Blutbeule«, zischte Petronella mir über ihr Hausaufgabenheft zu und kicherte.

Es schneite nicht mehr. Und bis zwei Kilometer außerhalb Vifors war die Schneeschicht auf der Straße halbwegs plattgefahren, aber hinter dem Abzweig nach Schostinek versank ich bis zu den Knien, und deswegen sagte ich mir, dass ich ganz genauso gut die Abkürzung durch den Wald nehmen konnte. Im Wald war der Schnee

sogar weniger tief, weil die Bäume einen Teil davon ab-
gefangen hatten, und ich kam gut voran, aber die ganze
Zeit war mir unheimlich zumute. Einmal hörte ich einen
Wolf heulen – dreimal lang, zweimal kurz –, zum Glück
war er ziemlich weit weg. Trotzdem griff ich nach dem
Messer und schritt rascher und immer rascher vorwärts,
in der rechten Hand das Messer, links am Arm den Korb,
in dem der Kuchen und die Weinflasche hüpften. Ich hoffte, dass ich es mir nur einbildete, aber seit einiger Zeit
hatte ich das ungute Gefühl, dass sich auf meiner rechten
Seite und in nicht allzu großer Entfernung etwas parallel
zu mir bewegte. Schnee rieselte, Zweige knackten, aber
vielleicht war das ja auch nur das Echo der Zweige, die
unter meinen Füßen knackten. Endlich erreichte ich die
breite Schneise, die den Wald von Vifor von dem Wald,
der zu Schiponek gehört, trennt. Dort hatte der Wind
den Schnee fast vollständig abgetragen, und ich ging auf
dürren Laubblättern, die direkt nach einem Regenguss
am Boden festgefroren sein mussten und unter meinen
Füßen zersplitterten. In der Mitte der Schneise blieb ich
stehen, stellte den Korb ab und packte das Messer fester.
Falls es einen Verfolger gab, musste er hier seine De-
ckung verlassen. Ich beobachtete den Waldrand, immer
noch keuchend vor Anstrengung und Angst. Die Atemluft
stand weiß vor meinem Mund. Endlich bewegte sich eine
kleine Tanne und ein leichtfüßiges, wolfsähnliches Tier
kam aus dem Dickicht. Es sah eher arrogant als furcht-
erregend aus, und direkt hinter ihm, am Ende einer lan-

gen Leine, die am Halsband des Tieres befestigt war, trat eine dicke Frau mit rotgefärbten Haaren aus dem Wald. Sie trug einen Lammfellmantel, dessen Fell nach innen gekehrt und dessen wildlederne Außenseite mit bunten Folklorestickereien verziert war. Ihre Finger steckten in grünen Wollhandschuhen, die die oberen Fingerglieder frei ließen.

»Ha«, rief die dicke Frau, »da ist ja das Rotkäppchen!«

Das ist noch so ein Nachteil der auffälligen Kopfbedeckung, die ich tragen muss: Selbst in Schiponek und Schostinek hat jedermann von dem Vifor-Mädchen mit der roten Kappe gehört, und manchmal treten wildfremde Menschen auf mich zu und sprechen mich an, als würden sie mich schon seit Jahren kennen.

»Trifft sich hervorragend«, sagte die dicke Frau, »ich habe gehört, was für ein gutes Herz du hast, und dieser süße Spatz hier kann jemanden mit einem guten Herzen brauchen.«

Sie tätschelte das hechelnde Tier an der Leine, das die Berührung ohne irgendein Zeichen von Anteilnahme über sich ergehen ließ.

»Ist das ein Wolf?«, fragte ich.

»Ein Wolfhund. Nicht Wolfshund: Wolfhund ohne ›s‹. Ein Wolfhund ist eine Mischung aus Wolf und Hund. Ein Wolfshund mit ›s‹ ist bloß ein ganz gewöhnlicher Hund, mit dem man Wölfe jagen kann. Zu Hause habe ich noch fünf Stück davon. Unser Verein hat sie aus schlechter Zwingerhaltung befreit. Grauenhafte Zustände. Du machst dir keine Vorstellung. Der Zwinger war nicht nur von oben bis unten vollgeschissen, der Typ hatte auch noch rostige Ölkanister darin gelagert, und mittendrin die Hündin mit ihren bereits fast erwachsenen Welpen. Die Hündin mussten wir gleich einschläfern. War innerlich komplett von Würmern zerfressen und hatte auch noch drei gebrochene Wirbel. Ein Bullterrier. Der Wahnsinnige wollte Kampfhunde züchten, indem er eine Bullterrier-hündin mit einem Wolf gekreuzt hat. Na, wie ist es, willst du ihn nicht einmal streicheln?«

Ich kniete mich hin und zauste dem Wolfhund die flauschige Wamme, während er über meine Schulter hinweg gelangweilt in die Ferne spähte. Der Wolfhund war wirklich hübsch. Eigentlich sah er ziemlich genau wie ein sehr dünner Wolf aus.

»Er muss erst wieder das Vertrauen zum Menschen lernen. Aber dann wird das ein toller Hund. Dir würde ich ihn geben«, sagte die dicke Frau.

»Bei uns ist es leider zu eng«, sagte ich. »Außerdem wurde mein Vater gerade von einem Wolf gebissen …«

»Ich habe davon gehört«, antwortete die dicke Frau, »die Leute sprechen ja von nichts anderem mehr als von dem großen roten Wolf. Völlig hysterisch. Kannst du dir vorstellen, wie schwierig es unter solchen Bedingungen ist, Wolfhunde zu vermitteln? Er heißt übrigens Rocky.«

»Geht wirklich nicht …«, sagte ich.

Die dicke Dame drückte mir die Leine in die Hand.

»Findest du nicht, dass dieser schöne, tapfere Hund

eine Chance verdient hat? Der ist noch kein Jahr alt und hat bereits den totalen Horror erlebt. Du könntest ihn wenigstens so lange nehmen, bis ich eine passende Pflegestelle gefunden habe. Wenn du ihn nicht nimmst, muss ich ihn bei eBay reinstellen.«

Der Wolfhund war ein hechelndes, sehniges Energiebündel, kein Gramm Fett auf den Rippen, federnde Läufe und eine missmutige Falte zwischen den gelb glühenden Schlitzaugen. Es würde Ärger geben, mit meiner Familie würde es Ärger geben, so viel war einmal sicher, und für alle Fälle steckte in meiner Jackentasche die Visitenkarte der dicken Frau: Ewa Lames, Pfotenfreunde e. V. Schiponek, T. 8 86 10 49.

Andererseits hatte ich mit einem solchen Tier an der Leine schlagartig keine Angst mehr im Wald. Noch bevor wir das Haus von Großmutter erreichten, hatte Rocky schon Gelegenheit, seine Qualitäten als Wach- und Schutzhund vorzuführen. Er bellte nicht, aber er erstarrte plötzlich mitten im Lauf, winkelte anmutig ein Vorderbein an und starrte mit gesträubtem Fell auf ein Dickicht, aus dem kurz darauf ein Mann mit einer Augenklappe trat. Wenn der Wolfhund nicht dabei gewesen wäre, wäre ich vermutlich vor Schreck gestorben.

Stepan

Ich will das jetzt nicht unnötig spannend machen – der Mann mit der Augenklappe war natürlich ich. Und außer der Augenklappe hatte ich auch noch eine fingerdicke wulstige Narbe, die von links nach rechts quer über meine Stirn lief, und in die Haut meiner rechten Wange war ein fast waschlappengroßer, unnatürlich straffer und wie poliert wirkender Flicken aus der Haut meines Oberschenkels eingesetzt.

Es war das erste Mal nach fast drei Jahren, dass ich Rotkäppchen wiedersah. Und dann hatte sie auch noch diesen Köter dabei, den ich zuerst für einen Wolf hielt. Dolle Sache! Der Wolf fletschte die Zähne und fixierte mich, die Ohren leicht gespitzt, als warte er nur darauf, dass ich eine falsche Bewegung machte. Ein tiefes Grollen kam aus seiner Kehle: »Grrrrimm.«

»Stepan? Bist du es, Stepan?«, fragte Rotkäppchen, nachdem sie sich von ihrem Schrecken erholt hatte. Schwer zu sagen, ob sie mich trotz oder wegen meiner entstellten Visage erkannte. Jeder hier in der Gegend hatte ja von meinem Unfall gehört. Es war sogar im Fernsehen gewesen: Stepan Nicolae, die medizinische Sensation. Ich hatte die Spitze eines Felsens wegsprengen sollen, nichts Großes, nur die Spitze eines Felsens, die ärgerlicherweise genau da aus dem Boden schaute, wo die Eisenbahngleise verlaufen sollten. Das Loch war schon gebohrt, etwa anderthalb Meter tief, eine schmale Röhre, und meine Aufgabe war es, das Päckchen Sprenggelatine auf dem Grund der Röhre zu platzieren. Dafür hatte ich einen Eisenstab bei mir, 3 cm dick und 110 cm lang, mit dem ich das Päckchen langsam und sehr vorsichtig nach unten schob. Da ich es auf keinen Fall pressen durfte, beugte ich mich nach einer Weile über das Loch, leuchtete mit einer Taschenlampe hinein und versuchte, an dem Eisenstab vorbeizusehen, wie weit ich schon gekommen war. Und da ging die Detonation los. Ich erinnere mich an alles, denn ich blieb die ganze Zeit bei Bewusstsein. Der ungeheure, sämtliche Sinneswahrnehmungen auslöschende Knall, und dann lag ich auf dem Boden, ein grelles Pfeifen in den Ohren, und irgendetwas schien mein rechtes Auge zu verkleben. Als ich dort hingriff, ertastete ich die rostige Rundung der Eisenstange, deren Ende anscheinend in meiner Augenhöhle steckte. Ich versuchte mich aufzurichten und merkte, dass mein Kopf unglaublich schwer und völlig aus dem Gleichgewicht war, irgendetwas zog mich nach hinten. Ich tastete nach meinem Hinterkopf, und in einem Nest aus nassen und schleimigen Haaren fühlte ich das andere Ende der Eisenstange, die mir dort wieder aus dem Schädel getreten war. Mein Vater war als Erster bei mir. Er beugte sich über mich, seine Lippen bewegten sich, er streckte die Hände aus, wusste aber anscheinend nicht, ob er mich stützen oder zu Boden drücken sollte, die Eisenstange war bei allem im Weg. Er fuchtelte hilflos herum und brach dann in Tränen aus. Ich spürte keine Schmerzen, nur einen großen Druck in meinem Kopf. Na, das war's dann ja wohl, dachte ich. So etwas überlebt niemand. Inzwischen hatten sich auch der Vorarbeiter und die Kollegen um mich versammelt, und ich sah ihnen an, dass sie dasselbe dachten. Einige griffen sich unwillkürlich ans Auge oder an den Kopf, und ihre Gesichter führten die Pantomime eines Schmerzes auf, von dem sie glaubten, dass ich ihn empfinden müsste.

Es war ein ziemlicher Akt, mich in den Hubschrauber zu bugsieren. Der Rettungssanitäter – durch irgendeine Schlamperei war kein Arzt an Bord – lagerte meinen Kopf mitsamt der Eisenstange in einer Wolke von Kissen, Decken, zusammengeknüllten Jacken und aufgeblasenen Halsmanschetten. Er holte eine Narkosemaske.

»Lass das«, sagte ich, und meine eigene Stimme kam wie aus weiter Ferne an mein Ohr und wurde immer noch von dem grellen Pfeifen überlagert, »wie es aussieht, werde ich sowieso gleich sterben, aber ich bin noch nie in einem Hubschrauber geflogen, und das willst du mir doch wohl nicht versauen?«

»Keine Schmerzen?«, fragte der Sani. Er war weiß wie eine Wand.

Ich schüttelte den Kopf, wobei das hintere Ende der Eisenstange über die Innenverkleidung des Hubschraubers schrammte, und der Sani verlor die Nerven und drückte mir die Narkosemaske mit Gewalt auf.

Zwei Monate später erwachte ich aus dem künstlichen Koma. Ein Haufen Ärzte und Neurowissenschaftler trieb sich den ganzen Tag bei mir im Krankenzimmer herum. Sie maßen ständig meine Gehirnströme, redeten über mich, als wäre ich gar nicht anwesend, und stellten mir Aufgaben, wie ich sie zuletzt beim Eignungstest für die Schulreife hatte lösen müssen. Zu ihrer Überraschung stellte sich heraus, dass durch den Unfall weder mein Gedächtnis noch meine Intelligenz, Sprachfähigkeit oder Motorik beeinträchtigt worden waren. Das einzig Auffällige war, dass ich keine Angst mehr verspüren konnte. Nicht, dass ich vorher besonders ängstlich gewesen wäre, aber jetzt fürchtete ich mich vor rein gar nichts. Es gibt eine Zeitlupenaufnahme von einem Versuch, bei dem sie mich mit einer Gummischlange, die aus einem Geschenkkarton katapultiert wird, zu erschrecken versuchen – ich öffne den Karton, die Schlange springt mich an, und ich zucke nicht mal mit der Wimper; ich sitze einfach bloß still da und betrachte das Biest verwundert. Die Weißkittel stritten sich. Die eine Hälfte war der Meinung, dass eine Verletzung im unteren Frontalhirn die Regulation meiner emotionalen Prozesse störte. Die andere Hälfte hielt meine vollkommene Furchtlosigkeit für die Folgen eines Traumas, verbunden mit einer so schweren Depression, dass die Reflexe beeinträchtigt waren. Ich versuchte ihnen zu erklären, dass es einfach keinen Grund gab, noch vor irgendetwas Angst zu haben, wenn man einmal mit einer Eisenstange im Kopf auf dem Boden gelegen und gewusst hatte, dass der Tod nur noch eine Frage von Sekunden – bestenfalls Minuten – sein konnte. Im Grunde hätte ich ja längst tot sein müssen. Alles was jetzt noch kam, war sowieso mehr, als mir zustand.

Sie schickten mich zu einer Therapeutin.

»Sie belügen sich selbst«, sagte die Therapeutin, »und vielleicht können Sie auch Ihren Neurowissenschaftlern etwas vormachen, indem Sie es fertigbringen, wie ein Holzklotz dazusitzen, während eine Gummischlange aus dem Kasten hüpft. Aber wenn Sie mich überzeugen wollen, müssen Sie sich schon etwas Besseres einfallen lassen.«

»Natürlich«, sagte sie, »wenn man sich auf nichts mehr einlässt, muss man sich auch um nichts mehr sorgen. Das klingt vielleicht auf den ersten Blick verlockend. Aber was ist das dann noch für ein Leben?«

»Sie müssen die Angst wieder ganz neu lernen«, sagte die Therapeutin. »Ziehen Sie los, und lernen Sie, sich zu fürchten! Ansonsten sehe ich schwarz für Sie.«

Es stellte sich heraus, dass Rotkäppchen und ich denselben Weg hatten. Ich ließ mir nämlich jeden Monat von ihrer Großmutter eine Salbe für meine Narben anmischen. Nicht, weil ich nicht genug Geld für Medikamente aus der Apotheke gehabt hätte – durch meine Fernsehauftritte war eine ganz ansehnliche Summe zusammengekommen –, sondern weil die alte Uchatka wirklich gut war in dem, was sie so zusammenbraute. Außerdem hatte ich klammheimlich gehofft, bei ihr etwas über Rotkäppchen zu erfahren. Es stimmte nämlich gar nicht, dass mir alles gleichgültig war. Rotkäppchen war mir überhaupt nicht gleichgültig. Ich hatte bloß keine Angst mehr, dass sie mich abweisen könnte. Und deswegen ging ich in aller Seelenruhe neben ihr her und beobachtete sie von der Seite. Sie war einige Zentimeter gewachsen, seit ich sie zuletzt gesehen hatte, aber trotzdem kleiner als ich, ihre Figur war in den unförmigen Kleiderklumpen nicht erkennbar, und sie hatte immer noch ihr krauses schwarzes Haar, das ihr über die Schulter quoll und oberhalb ihres Kinns in der leuchtend roten Kappe verschwand. Nachdem sie mich ausführlich über meinen Unfall ausgefragt hatte, erzählte sie mir haarklein, was ihrem Vater und Istvan Brani zugestoßen war, und wie sie zu dem Hund gekommen war, der wie ein dünner Wolf aussah und an der Leine neben uns herlief.

»Du bist noch hübscher geworden«, sagte ich, »aber die Klamotten, die du trägst, sind schlimm – wo hast du um Himmels willen die Moonboots her?«

»Grrrimmmmm«, machte der Wolf, schnappte aber merkwürdigerweise nicht nach mir, sondern stürzte sich auf Rotkäppchens Füße. Sie sprang erschrocken zur Seite.

»Na, das ist ja ein reizendes Mistvieh«, sagte ich. »Am besten, du bringst es der Tierschutztante noch heute wieder zurück.«

Die Dreckstöle zerrte kurz am Stoff eines Moonboots, dann kriegte sie sich wieder ein und trottete neben uns her, als wäre nichts gewesen.

»Wie groß du geworden bist«, sagte Rotkäppchen zu mir, »und was du für breite Schultern bekommen hast. Fast nicht wiederzuerkennen. Was hast du bloß für große Hände!«

Sie griff sich meine linke Hand und drehte sie prüfend hin und her.

»Ja«, sagte ich. »Und was habe ich bloß für schöne große Augen. Gib mir einen Kuss, und ich kaufe dir in Schiponek eine vernünftige Jeans.«

»Ich weiß nicht«, sagte Rotkäppchen, »du bist zwar unheimlich groß geworden, aber früher hast du auf mich erwachsener gewirkt.«

»Vergiss es«, sagte ich, »ich schenk dir die Jeans auch so.«

»Ich will überhaupt keine Jeans.«

»Dann gib mir so einen Kuss.«

»Bist du sicher, dass du von deinem Unfall nicht doch einen Schaden behalten hast?«, fragte Rotkäppchen, aber da waren wir auch schon bei der alten Uchatka angekommen, die mitten im Wald in einer windschiefen Bruchbude wohnte, die wie ein verdammtes Hexenhaus aussah.

Elsie

Meine Großmutter lebte mitten im Wald in einem schönen Holzhaus. Vor ein paar Jahren hatten hier noch vier andere Häuser gestanden, aber die waren nacheinander abgerissen worden. Nach dem Tod meiner Großmutter wird auch dieses Haus abgerissen werden. Aus Gründen der Renaturierung. Nach Ansicht der Naturschutzbehörde brauchen die Luchse, Wölfe, Kraniche, Salamander und Knoblauchkröten alles, was es hier an Wald und Wiesen gibt, für sich allein. Für alte Hexen ist da kein Platz mehr.

Wir klopften an die Tür und traten in den einzigen Raum. Meine Großmutter rührte gerade in einem schwarzen Kessel, der über dem offenen Feuer hing und in dem es mächtig blubberte. Als sie aufsah, waren ihre Brillengläser vom Dampf beschlagen.

»Petronella – dass du dich auch einmal sehen lässt! Ach, wie schön! Und wie gut dir die Kappe steht! Wen hast du denn mitgebracht? Ist es Jaromir?«

»Ich bin's – Elsie«, sagte ich. »Und bei mir ist Stepan aus Schiponek. Du kennst ihn doch. Darf ich den Hund mit reinbringen?«

»Ach, du bist es«, sagte Großmutter und wandte sich enttäuscht wieder ihrer Suppe zu. »Wenn du Petronella nicht das Käppchen abgeschwatzt hättest, das ich extra für sie gehäkelt habe, würde ich euch auch nicht so oft verwechseln.«

»Grrrimm«, machte Rocky und schnappte schon wieder nach meinen Füßen. Ich ließ vor Schreck die Leine los.

»Ein Hundchen? Ist da etwa ein Hundchen?«, fragte Großmutter.

Rocky senkte den Kopf bis auf den Boden und kroch

schweifwedelnd auf sie zu. Großmutter streckte ihm die Hände entgegen.

»Vorsicht«, sagte Stepan, »das ist ein hinterhältiges Vieh. Dem kann man nicht trauen.«

Aber Rocky wand sich bereits sabbernd vor Großmutters Füßen.

»Ah, ah, was für ein Hundchen, was für ein Hundchen«, schmeichelte sie, und Rocky schmiegte jaulend seinen Kopf in ihre Hände. Ich stellte den Korb mit dem Wein und dem Kuchen auf den Tisch.

»Willst du ihn haben? Ich habe ihn heute von einer Frau vom Tierschutzverein bekommen. Die suchen einen Platz für ihn.«

»Na, so geht das aber nicht«, sagte Großmutter. »Erst die Verantwortung für ein Tier übernehmen, und es dann bei nächster Gelegenheit wieder loswerden wollen. Ich muss mich sehr über dich wundern, Elsie. Was meinst du, was das mit einem Hund macht, wenn er von einer Hand in die nächste wandert. Und überhaupt: Wie soll denn eine alte Frau wie ich dem Tierchen genug Auslauf bieten?«

»Grrrimm«, grollte der Wolfhund in meine Richtung und schmiegte sich an Großmutters Rock.

»Wenn mich einer fragt, dann sollte Elsie die blöde Töle so schnell wie möglich zurückgeben«, sagte Stepan ohne herzusehen. Er stand vor Großmutters Bilderwand und betrachtete sie mit einer Hand am Kinn, als stände er in einem Museum. Dabei hingen dort bloß eine russische

Ikone, ein billiger Landschaftsdruck mit der Kirche von Schiponek und ein ovaler Bilderrahmen mit einem Scherenschnitt von Großmutter in jüngeren Jahren, als ihre Nase noch deutlich weiter von ihrem Kinn entfernt war.

»Wer sich einen Hund anschafft, muss auch die Konsequenzen tragen«, sagte Großmutter. »Das hättest du dir alles vorher überlegen können.«

»Grrrimm«, machte der Wolfhund wieder in meine Richtung und sah dabei sehr zufrieden aus.

»Großmutter, wir brauchen deine Hilfe«, sagte ich. »Vater geht es nicht gut. Die Bisswunden haben sich wieder entzündet, alles ist voller Eiter, und er hat große Schmerzen.«

»Äh«, rief Großmutter, »Kimi, der alte Taugenichts! Wie lange ist das jetzt her? Vier Wochen? Und es hat wieder angefangen zu eitern? Das ist ein böses Zeichen. Ist er auch launisch und jähzornig? Brüllt er herum, oder hat er jemanden geschlagen?«

»Na ja«, sagte ich, »so wie immer halt.«

Großmutter begann, allerlei Tiegel und Fläschchen aus einem Regal zu nehmen und zu dem Kuchen und dem Wein in den Korb zu legen. Dabei brummte sie die ganze Zeit vor sich hin: »Weißdorn, falls überhaupt, hilft eigentlich nur noch Weißdorn ... oder Vogelmiere, im Schatten getrocknet ...«, legte Zweige dazu und kleine Beutel mit Kräutern, öffnete schließlich auch noch ihren Alibert und legte eine Handvoll Pillenröhrchen und zerknitterter Medikamentenpackungen in den Korb. Zuletzt schüttete sie einen Krug Wasser über das Feuer, trat mit den Stiefeln die Holzscheite auseinander und warf einen bedauernden Blick auf das angesetzte Gebräu in ihrem Kessel. »Ich komme mit. Wahrscheinlich kann ich ihm auch nicht mehr helfen, aber wir müssen wenigstens verhindern, dass er jemanden beißt.«

Stepan

Wie jedes Mal, wenn ich die alte Uchatka besuchte, staunte ich über die einträchtige Nachbarschaft, die ihre gutbürgerlichen Haushaltsgegenstände mit dem abergläubischen Schnickschnack in dieser Stube pflegten: Ein Korb mit Strickzeug stand mitten auf einem auf den Boden gemalten Pentagramm, auf dem Sims über dem Feuerplatz umrahmten mehrere Tierschädel den Glassturz einer Kaminuhr, und an der Wäscheleine unter der rauchgeschwärzten Decke trockneten Blutwürste und rosa Wollschlüpfer friedlich neben aufgefädelten Krötenmumien, Rabenflügeln und Sträußen von giftigem Fingerhut. Und natürlich fehlte auch nicht der meterlange Zopf aneinandergeflochtener Knoblauchknollen. Die alte Uchatka trug ein schwarzes Kleid, dessen dreckverkrusteter Saum über den Boden schleifte, ein braun kariertes Schultertuch und eine schwarze Haube, deren Rüschen ihr Gesicht umrahmten – ein Gesicht wie aus zerknülltem Packpapier. Die ganze Zeit hackte sie auf Rotkäppchen herum, und

Rotkäppchen saß auf der äußersten Kante eines Stuhls, umklammerte mit der linken Hand den Ellbogen ihres rechten Arms und starrte vor sich auf den Boden. Aber der blöde Wolfsköter war völlig hingerissen von der alten Hexe. Der kriegte sich überhaupt nicht mehr ein. Und jedes Mal, wenn die Alte wieder eine Gemeinheit vom Stapel ließ, schnappte das Biest nach Rotkäppchens Füßen.

»Einen wie dich können wir gut brauchen«, sagte die alte Uchatka zu mir und drückte mir gleichzeitig einen Tiegel mit Heilsalbe in die Hand, »einen ohne Furcht und Auge.« Sie lachte meckernd. »Du kommst mit uns nach Vifor. Bist ja sowieso in die Elsie verliebt.«

Rotkäppchens Gesicht nahm die Farbe ihrer Kappe an, aber ich nickte sofort und schickte meinen Eltern eine SMS, dass ich heute nicht nach Hause kommen würde. Besser hätte ich es ja gar nicht treffen können: Rotkäppchen würde die ganze Zeit über in meiner Nähe sein, ohne dass ich mich aufgedrängt hatte. Vermutlich würde ich sogar bei den Topolovs übernachten müssen.

Es dämmerte bereits, als wir loszogen, und wir schritten so rasch wir konnten, um möglichst viel Strecke hinter uns zu bringen, bevor es völlig dunkel wurde. Die alte Uchatka war erstaunlich flink. Mit einer Laterne in den klauenartigen Fingern preschte sie voran. Rotkäppchen und ich mussten uns anstrengen, um mit ihr Schritt zu halten, allerdings trug ich auch den sperrigen Korb mit der Weinflasche, dem Kuchen und den ganzen Medizinfläschchen, der mir ständig gegen mein linkes

Bein schlug. Der Wolfhund lief jetzt ohne Leine neben uns her, verschwand in den dunklen Schatten am Wegrand, raschelte und keuchte rechts und stieß dann völlig überraschend von der linken Seite wieder zu uns, um sich alle paar Minuten an die Seite von Rotkäppchens Großmutter zu drücken und seine Schnauze in ihre Hand zu schieben. Er war so rettungslos verliebt in das alte Weib, dass wir nicht befürchten mussten, er könne sich irgendwann selbstständig machen. Außerdem hatten wir entdeckt, dass sein Halsband mit Leuchtdioden bestückt war, die – je nach Einstellung – rot blinkten oder flackerten, wenn man auf einen Knopf drückte. Und als es Nacht wurde, sahen wir die roten Glühwürmchen im Sekundentakt zwischen den Bäumen aufleuchten und wieder verlöschen und fühlten uns gut bewacht. Auch als in der Ferne wieder die Wölfe heulten. Ich hängte mir den Korb über die Schulter und griff nach Rotkäppchens Hüfte, beziehungsweise dorthin, wo ich unter der Lage von zwei Wollröcken und einer Daunenjacke ihre Hüfte vermutete. Die Alte wackelte mit ihrer Laterne ein paar Meter vor uns und kriegte nichts mit. Rotkäppchen lehnte sich an mich, und die erleuchteten Fenster von Vifor tauchten für meinen Geschmack viel zu früh auf.

Kimi Topolov stand in der Tür, als wir eintrudelten.

»Was ist das denn für ein Aufmarsch«, rief er. »Wer ist der Kerl?« Er wies auf mich, sah aber dabei seine Schwiegermutter an. »Was soll das, Uchatka? Kein Mensch hat was davon gesagt, dass du hier heraufkommen sollst.

Eine einzelne Aspirin hätte es vollkommen getan. Außerdem geht es mir längst wieder gut.«

Rotkäppchen wollte sich klammheimlich aus meiner Umarmung winden, aber irgendetwas ritt mich, und ich hielt sie fest. Wütend riss sie sich los, sodass der Korb von meiner Schulter rutschte, und die Weinflasche, die den langen Weg von Vifor bis zur Hütte der alten Uchatka und wieder zurück schadlos überstanden hatte, fiel heraus und zerschellte auf der Straße.

»Grrrimm«, machte der Wolfhund und stürzte sich völlig sinnlos wieder einmal auf Rotkäppchens Füße, schnappte knurrend und zähnefletschend in die hässlichen Moonboots, während um seinen Hals die roten Lichter blinkten.

»Ein Wolf«, schrie Kimi Topolov. »Wieso bringt ihr einen verdammten Wolf mit? Seid ihr völlig verrückt? Reicht es nicht, dass ich einmal gebissen worden bin? Schafft ihn weg!«

Dann aber glotzte er plötzlich auf die Weinlache, die sich im Schnee ausgebreitet hatte, und sein Gesicht verzerrte sich vor lauter Widerwillen.

»Das ist bloß Wein«, sagte ich. »Bloß Rotwein aus der Flasche …«

Aber anstatt sich zu beruhigen, begann Kimi Topolov zu würgen und die Augen traten ihm aus dem Kopf.

»Äh, Rotwein«, würgte er hervor, »äh, äh! Bleibt mir weg damit, bleibt überhaupt weg, kommt mir nicht zu nahe.«

Er drehte sich auf dem Absatz um und flüchtete ins Haus.

»Hinterher«, rief die alte Uchatka, und wir rannten ihm alle nach, selbst der Wolfhund. Durch das Wohnzimmer, wo Rotkäppchens zahlreiche Geschwister, die sich um den Ofen geschart hatten, aufsprangen und uns folgten, bis in die Schlafstube, wo Kimi sich mit all seinen Kleidern, mit Hose, Jacke und Stiefel, ins Bett geworfen und die Decke über den Kopf gezogen hatte. Neben dem Bett stand Rotkäppchens Mutter und weinte. Als wir hereinkamen, fiel sie der alten Uchatka in die Arme.

»Mama, Gott sei Dank, dass du da bist. Ich weiß nicht, was ich tun soll. Er schlägt uns noch alle tot.«

Kimi zog die Bettdecke von seinem Kopf und blinzelte uns misstrauisch an. Dann bekam sein Gesicht plötzlich einen weinerlichen Ausdruck.

»Wasser«, greinte er, »ich habe Durst. Warum bringt mir denn niemand Wasser. Ihr wollt mich verdursten lassen und euch dann meine Stiefel unter den Nagel reißen. Aber ihr bekommt meine Stiefel nicht. Lieber fresse ich sie vorher auf.«

Er setzte sich auf, beugte seinen Kopf Richtung Knie, verrenkte sein linkes Bein wie zu einer Yogaübung und steckte sich den linken Fuß samt Stiefel in den Mund und begann an dem Stiefelleder zu nagen und zu lutschen.

»Holt ihm ein Glas Wasser«, sagte die alte Uchatka zu Rotkäppchen und ihren Geschwistern. »Schafft den Hund hier raus, und bringt mir alles, was ihr an Stricken finden könnt. Wir müssen ihn festbinden.«

Kimi Topolov nahm den Fuß aus seinem Mund.

»Ja«, rief er knurrend wie ein Tier, »bindet mich fest. Bindet mich so fest ihr könnt. Ich kratz euch allen die Augen aus, wenn ihr mich nicht festbindet.«

Die kleineren Topolov-Geschwister rannten bei diesen Worten heulend aus dem Zimmer. Die großen Jungen folgten ihnen in gemessenem Tempo, aber im Grunde nicht weniger verstört. Sie nahmen den Wolfhund mit nach draußen, um ihn dort anzubinden, während sie in der Scheune nach Stricken suchten. Rotkäppchens Mutter kam mit einem Glas Wasser zurück, setzte sich ängstlich neben ihren Mann auf die Matratze, hielt das Glas an seinen Mund und versuchte ihm etwas einzuflößen. Kimi wollte trinken, konnte aber nicht schlucken. Er würgte und würgte, die Augen traten wieder aus den Höhlen, und das Wasser quoll ihm über die Unterlippe wie bei einem überlaufenden Eimer. Plötzlich sprang er aus dem Bett. Die alte Uchatka gab mir ein Zeichen, aber als ich versuchte, Kimi zu packen, stieß er seinen Kiefer vor und schnappte wie ein Wolf um sich, sodass ich schleunigst meine Hände zurückzog. Dann trat er mir in den Bauch, rannte zum Fenster und schlug die Scheibe mit der blo-ßen Faust ein. Der eisige Nachtwind fuhr fauchend ins Zimmer. Mit seiner blutüberströmten Hand riss Kimi das Fensterkreuz und den Rahmen heraus, trampelte brül-lend darauf herum und stürzte sich anschließend auf den

Kleiderschrank, trat die Sperrholztüren ein und schlug alles in Stücke.

Inzwischen waren die älteren Jungen mit den Stricken aus der Scheune zurückgekehrt und mit einem – ich glaube, es war Joppi – warf ich mich von hinten auf Rotkäppchens Vater und gemeinsam rangen wir ihn zu Boden, wo Kimi ermattet liegen blieb und alle Wut aus ihm wich.

»Fesselt mich ans Bett«, flehte er leise, »und bindet mich ganz fest. Ich kann sonst für nichts garantieren.«

Wir halfen ihm auf, und er legte sich selber wieder ins Bett und hielt uns seine Hände und Füße hin und forderte uns immer wieder auf, sie ja recht stramm an die Bettpfosten zu binden. Er gab nicht eher Ruhe, bis Joppi ihm noch einen Strick über den Bauch gelegt und auf der Unterseite des Bettes verknotet hatte.

»Ich rufe jetzt einen Rettungswagen«, sagte Rotkäppchen, und ich gab ihr mein Handy. Die alte Uchatka setzte sich zu Kimi aufs Bett und wickelte den Verband von seiner Schulter. Die Wunde sah abscheulich aus: ein einziger Eitersee, auf dem schwarzer und grüner Schorf schwammen. Uchatka ließ sich den Korb geben und baute ihre Töpfe und Tinkturen auf dem Nachttisch auf. Nun fiel Kimi ein, dass er unbedingt zum Internetcafé hinüberlaufen müsse, ja jetzt, genau jetzt, und dass er sterben würde, wenn sie ihn nicht ließen. Er bäumte sich auf und rüttelte an den Stricken und hatte plötzlich mit Unmengen von Speichel in seinem Mund zu kämpfen, Speichel, der ihm in einem unendlichen Strom unter der Zunge hervorquoll, ihm rechts und links aus den Mundwinkeln troff, sein Kinn hinunterrann und seine Aussprache schwer verständlich machte, wenn er mit drohendem Gesichtsausdruck wieder etwas anderes verlangte: Mal war es der Spiegel an der Wand, dessen Glitzern er keine Sekunde länger ertragen konnte, mal der Anblick der kleinen Medizintiegel, mal der Anblick der Schatten, die seine Kinder unter der Zimmerlampe warfen. Rotkäppchens Geschwister beeilten sich, alles, was ihren Vater aufregte, so schnell wie möglich aus seinen Augen zu schaffen, sofern es in ihren Möglichkeiten stand, aber eine Minute später entdeckte ihr Vater schon wieder etwas anderes, dessen Anblick ihm so zusetzte, dass er sich vor Abscheu und Furcht in seinen Fesseln wand. Gegen ein Uhr nachts bekam er noch einmal einen Fieberanfall. Sein Speichel floss nun in solchen Mengen aus ihm heraus, dass er gar nicht mehr sprechen konnte. Gegen halb zwei begann er zu grimassieren wie ein Teufel, fiel in unbeschreibliche Zuckungen und verstarb.

Elsie

Der Rettungswagen traf erst am nächsten Morgen ein. Der Notarzt schrieb Tollwut als Todesursache in den Totenschein. Er fragte, ob irgendjemand gebissen worden wäre oder ob es Schleimhautkontakte gegeben hätte, und wir bekamen vorsichtshalber alle eine Tollwutimpfung.

Aber im Grunde wusste der Arzt so gut wie wir, was es mit Vaters Tod auf sich hatte, und er beeilte sich, wieder fortzukommen, damit wir die wirklich notwendigen Vorkehrungen treffen konnten. Vor allem war es jetzt wichtig, dass Vater so schnell wie möglich auf dem Bauch liegend begraben wurde. Zuvor steckten wir ihm noch Knoblauchzehen in Nase, Ohren und Mund, und Großmutter riss eine Seite aus der Bibel und legte sie ihm gerollt unter die Zunge. Ich holte eine geweihte Kerze aus der Kirche. Joppi steckte sie an und tropfte das Wachs in Vaters Bauchnabel. In den Sarg legten wir neun kleine Steine und einen Weißdornzweig. Der Deckel wurde mit 50 extra dicken Schrauben verschlossen. Eine Aufbahrung fand nicht statt, und die Trauerfeier wurde in aller Kürze abgehalten. Niemand stellte deswegen Fragen. Alle hier aus der Gegend wussten, was los war. Man sprach nur nicht darüber. Es gab schon genug Gerüchte. Einerseits kommen die Touristen natürlich genau wegen dieser Gerüchte hierher – sie wollen sich ein wenig gruseln und darüber lustig machen. Aber wenn sie auch nur ein einziges Mal einen Werwolf von Weitem gesehen oder beobachtet hätten, wie ein Wiedergänger einen Friedhof nach frischen Leichen durchwühlt, würden sie das garantiert nicht lustig finden. Und hierherreisen würden sie auch nicht mehr.

Anfangs waren meine Mutter und meine Geschwister dagegen, dass ich den Wolfhund behielt. Ich wollte ihn ja selbst nicht haben, aber Großmutter bestand darauf, und vor Großmutter hatten wir alle Respekt. Dann kriegten meine Geschwister heraus, dass sie bloß etwas Gemeines zu mir zu sagen brauchten, um Rocky dazu zu bringen, in meine Füße zu beißen. Nun gefiel ihnen der Hund, und sie quälten mich noch öfter, als sie es vorher schon getan hatten, und wenn Rocky sich dann auf mich stürzte, konnten sie gar nicht aufhören zu lachen. Meistens fing Petronella an und sagte etwas über meine Kappe, und dann sagten Luzie oder Enna etwas darüber, was für einen hübschen Verehrer ich hätte, und dann sagte einer meiner Brüder, was für ein Glück es sei, dass Stepan diesen Unfall gehabt hätte, sonst hätte er sich sicherlich ein hübscheres Mädchen ausgesucht und sie wären mich nie losgeworden. Rocky kam manchmal kaum noch zu Atem, so oft musste er sich immer wieder auf meine Füße stürzen. Ich trug die dick gefütterten Moonboots inzwischen auch im Haus.

»Die wirst du mir ersetzen müssen, die sind ja schon völlig zerfleddert«, sagte meine Mutter und wischte sich die Lachtränen aus den Augen.

»Komisch«, sagte Großmutter, die jetzt zweimal die Woche nach Vifor kam, um die Gräber von Vater und Istvan Brani zu kontrollieren, »bei mir macht er so etwas nie.«

Ich rief die dicke Frau vom Tierschutzverein an, die ihn mir gegeben hatte, aber sie sagte bloß, ich solle Rocky eine Schleppleine anhängen, und jedes Mal, wenn er mich anfiele, sollte ich ihm damit einen Ruck geben. Außerdem würde er mich ja gar nicht richtig beißen, sondern nur so schnappen. Da müsste ich mit Souveränität drüber hinweggehen, dann würde das irgendwann von selber aufhören. Aber es war praktisch unmöglich, Rocky an der Schleppleine zu packen, wenn er mit gefletschten Zähnen auf mich zusprang. Als ich die dicke Frau einige Tage später noch einmal anrief, sagte sie, jetzt wäre der Hund sowieso nicht mehr weiterzuvermitteln, weil ich ihn falsch konditioniert und dadurch versaut hätte. Und danach ging sie nicht mehr ans Telefon.

»Wir sollten ihn an einer Autobahnraststätte anbinden«, sagte Stepan. Ich wusste nicht, ob er das ernst meinte. Seit seinem Unfall war er irgendwie merkwürdig. Er war viel mutiger und selbstbewusster geworden, und ich fand ihn trotz seiner Narben und der Augenklappe ziemlich gutaussehend, aber er wirkte auch immer ein wenig abwesend. Selbst wenn er mich um einen Kuss bat, schien es ihm ganz gleich zu sein, wenn er den Kuss dann nicht bekam. Trotzdem war er immer noch mein bester Freund, und solange er bei mir war, wagten meine Geschwister nicht, mich zu ärgern, seit er deswegen einmal Jaromir verprügelt hatte. Wenn er dann wieder fort war, trieben sie es dafür umso ärger.

Irgendwann konnte ich es einfach nicht mehr aushalten. Es war vermutlich gar nicht so besonders schlimm, was Petronella zu mir gesagt hatte – irgendetwas wegen der roten Kappe, ich kann mich nicht einmal mehr erinnern –, aber ich sehe noch genau vor mir, wie sie grinste und sich Beifall heischend nach meinen Geschwistern umsah und wie meine Geschwister freudig gespannt auf Rocky schauten und wie Rocky von dem Napf, den ich ihm gerade gefüllt hatte, aufsah und sich duckte, um sich mal wieder auf meine Füße zu stürzen. Und plötzlich trat ich einen Schritt vor, direkt auf Rocky zu, der völlig überrascht zurückwich, und schlug Petronella ins Gesicht. Und weil es sich so gut anfühlte, das zu tun, schlug ich sie gleich noch einmal und noch einmal, rechts, links, rechts, klatsch, klatsch, klatsch. Sie heulte empört auf, und in diesem Moment stürzte sich Rocky auf Petronella und schnappte nach ihren Füßen. Und weil Petronella bloß Socken trug, tat das wohl ziemlich weh, denn sie schrie ganz erbärmlich. Ich ließ den Arm wieder sinken. Meine Geschwister starrten mich finster an.

»Was fällt dir ein«, rief mein Bruder Jaromir, »bist du nicht ganz dicht?« Er kam auf mich zu, aber Rocky stellte sich dazwischen, zog die Lefzen bis zum Anschlag hoch und ließ sein fiesestes Knurren hören: »Grrrimm!«

Jaromir erstarrte.

»Na komm doch her«, sagte ich, »du kannst dir auch gleich noch ein paar fangen.«

Mir wurde ein bisschen schwindlig, als ich das sagte. Ich hatte so etwas noch nie gesagt, und schon gar nicht zu Jaromir. Ich hoffte stark, dass Rocky ihn nicht plötzlich doch noch zu mir durchlassen würde.

»Die Kleinste schlagen, ausgerechnet Petronella, die

sich überhaupt nicht wehren kann«, rief meine Schwester Luzie, »also das ist doch wirklich das Letzte.«

Sie lief aus dem Haus, um unsere Mutter aus der Kneipe zu holen.

»Als wenn ich nicht schon Kummer genug hätte«, sagte Mutter, als sie hereinkam. Sie war bereits betrunken. Ihre Handtasche hing bloß an einem Henkel über ihrem Unterarm und klaffte weit auf. »Reicht es nicht, dass mein Kimi tot ist? Müsst ihr mich noch zusätzlich quälen?«

»Elsies Wolf hat mich gebissen«, schrie Petronella und hielt ihr die nackten Füße hin.

»Stimmt das?« Mutter begutachtete schwankend die winzigen Schrunden. »Das Vieh kommt weg! Du bringst es heute noch zurück!«

»Rocky hat sie gar nicht gebissen«, sagte ich, »nur so geschnappt, wie er das auch bei mir immer macht.«

»Und Elsie hat mich geschlagen«, schrie Petronella.

»Was ist bloß los mit dir«, sagte Mutter und versuchte vergeblich, sich mit einem leeren Gasfeuerzeug eine Zigarette anzuzünden, »du warst doch früher so ein nettes Mädchen. Der Umgang mit Stepan bekommt dir nicht. Das hört auf! Ich will mein liebes Rotkäppchen wiederhaben. Und der Hund kommt ins Tierheim.«

»Nein, der bleibt hier. Ich behalte ihn«, schrie ich.

»Wie redest du eigentlich mit mir?«, sagte meine Mutter schlagartig ernüchtert, wobei ihr die Zigarette aus dem Mund fiel. Sie nahm einen zusammengerollten Ledergürtel aus ihrer Handtasche. Aber als sie auf mich zukam, stürzte Rocky sich mit lautem Knurren auf ihre Füße: »Grrrimm.«

Mutter wich totenblass zurück bis an die Wand.

»Hinaus«, sagte sie tonlos und ohne Rocky aus den Augen zu lassen, »lass dich hier ja nicht wieder blicken. Du gehörst ins Erziehungsheim. Den Hund auf die eigene Mutter zu hetzen … Aber du hattest schon immer etwas Falsches und Verschlagenes an dir.«

Ich nahm Rocky an die Schleppleine und ging zur Tür.

»Meine Stiefel bleiben hier, du diebisches Rabenaas!«, schrie Mutter. Ich zog die Moonboots aus.

»Die sind völlig kaputt, die wirst du mir ersetzen«, keifte meine Mutter.

Ich nahm meine alten Turnschuhe aus dem Schrank, setzte meine rote Kappe auf, und für alle Fälle nahm ich noch das kleine Beil mit, das auf dem Ofenholz lag. Diesmal sagte meine Mutter nichts, und auch meine Geschwister starrten mir bloß mit großen Augen hinterher, wie ich mit dem Beil in der Hand und auf Socken hinausging. Die Turnschuhe zog ich erst draußen an. Ich wollte keine Minute länger als nötig in diesem Haus bleiben.

Auf der Straße begegnete ich Elena, einem Mädchen aus meiner Schule. Sie lieh mir ihr Handy, und ich rief Stepan an und fragte ihn, ob ich bei ihm wohnen könnte.

»Klar«, sagte Stepan, »überhaupt kein Problem. Du kannst in unserer Wäschekammer schlafen. Oder wir heiraten schnell, und du schläfst bei mir. War nur 'n Witz.

Ich sage meinen Eltern Bescheid. Allerdings komme ich erst spät nach Hause. Ich bin heute Nacht bei euch in Vifor auf dem Friedhof, um Istvan Brani auszubuddeln und zu pfählen. Deine Großmutter meint, dass er wahrscheinlich ein Wiedergänger geworden ist. Die Erde auf seinem Grab ist locker, und irgendjemand hat den halben Friedhof zerwühlt und überall Knochen verstreut. Und der Pfarrer sagt, er hätte schon vor Wochen gehört, wie Brani an seinem Leichentuch schmatzt.«

Ich mochte nicht allein bei Stepans Eltern aufkreuzen, deswegen verabredeten wir, dass ich bei meiner Großmutter warten würde, bis er mich abholen kam.

Im Wald war es so kalt, dass der Schnee knisterte. Es dämmerte schon, und ich fror, denn ich hatte vergessen, eine Jacke mitzunehmen. Als in der Ferne ein Wolf heulte, setzte Rocky sich auf die Hinterkeulen und heulte ebenfalls. Kurz darauf antwortete wieder der Wolf, aber diesmal hörte er sich schon etwas näher an. Ich schleifte Rocky an der Schleppleine neben mir her, damit er nicht noch einmal heulte und den Wolf anlockte. Mir war ganz schön unheimlich. Um mich abzulenken, stellte ich mir vor, wie es wohl sein würde, bei Stepan zu wohnen. Ich kannte seine Eltern nur flüchtig, aber sie sahen nett aus, und wenn ich Stepan früher zur Schule abgeholt hatte, hatte seine Mutter ihm immer ein belegtes Brot in die Tasche gesteckt und ihn auf die Stirn geküsst. Ich malte mir aus, dass sie vielleicht auch zu mir freundlich sein würde. Und dann tauchte wenige Meter vor mir plötzlich der Wolf auf. Er war groß, einfach riesig, und hässlich, mit rötlichem Fell und glimmenden Augen. Erst stand er einfach nur da und knurrte mich an, dann schien er plötzlich fliehen zu wollen und lief ein paar Sprünge, nur um gleich darauf umzukehren und knurrend und geifernd wieder auf mich zuzukommen. Rocky riss sich los und lief jaulend auf das grässliche Vieh zu.

»Nein«, rief ich, zog mein Beil aus dem Gürtel und rannte ihm hinterher. »Komm zurück! Bitte!«

Aber Rocky wurde von dem großen Wolf unwiderstehlich angezogen. Die letzten Meter kroch er winselnd auf dem Bauch, und als er ihn erreicht hatte, leckte er ihm unterwürfig das Kinn. Die Bestie schnappte zu. Krachend schlossen sich ihre Kiefer um Rockys Kopf. Ich sprang vor und hieb mit dem Beil auf den Wolf ein, traf seine Schulter und hieb ihm mit einem Schlag die Vorderpfote ab. Die Bestie ließ Rocky fallen und heulte auf. Einige endlose Sekunden starrte sie mich aus blutunterlaufenen Augen an, dann wandte sie sich ab und sprang auf drei Pfoten davon. Ich schaute mir an, was von Rocky übrig geblieben war – Fell, Fleisch und Knochen. Ich zog seinen Kadaver ins Gebüsch und deckte ihn mit Tannenzweigen zu. Ich weinte ein bisschen. Dann nahm ich das Beil fest in die Hand und machte mich wieder auf den Weg. Es waren höchstens noch zwei Kilometer bis zu Großmutters Haus, aber der Wald schien mir auf einmal unermesslich groß, dunkel und gefährlich, und ohne meinen Hund an meiner Seite kam ich mir schrecklich verwundbar vor.

Als ich Großmutters Haus erreichte, brannte kein Licht. Ich klopfte an.

»Komm herein, die Tür steht offen«, rief Großmutter.

Im ganzen Haus war es dunkel, bis auf ein kleines Feuer unter dem Kessel. Es roch nach verbranntem Fleisch.

»Ich bin dem roten Wolf begegnet«, sagte ich. »Er hat Rocky getötet.«

Großmutter antwortete nicht. Sie lag im Bett, die Nachthaube schief auf dem Kopf und die gehäkelte Patchworkdecke bis unter die Nasenspitze hochgezogen. Der Schweiß lief ihr nur so über das Gesicht, obwohl es im Haus eigentlich eher kalt war. Ich setzte mich zu ihr auf die Bettkante, legte das Beil aufs Nachttischchen und knipste die plüschige kleine Lampe darauf an.

»Großmutter, was schwitzt du denn so?«

»Das ist das Alter«, sagte Großmutter. »Warte nur, bis du auch so alt bist, dann wirst du das Schwitzen schon noch lernen.«

Ich wischte ihr die nassen Haare aus der Stirn.

»Großmutter, was ist denn mit deinen Augen. Du hast ja riesengroße Pupillen.«

»Damit ich dich besser sehen kann. In der Dunkelheit hat man eben große Pupillen. Was denkst du denn, wie groß deine jetzt sind?«

Dann sah ich den frischen Blutfleck, der sich auf der Häkeldecke ausbreitete. Ich griff so ruhig wie möglich nach meinem Beil, stand auf und trat einen Schritt vom Bett zurück.

»Zeig mir mal deine Hände! Alle beide!«

Großmutter krempelte ein Stück Oberlippe hoch und knurrte wie ein Hund. Ich zog ihr die Decke weg. Sie lag im Nachthemd da. Ihre linke Hand fehlte, und der Stumpf war in aller Hast notdürftig mit einem Lappen umwickelt, aus dem das Blut sickerte.

»Verrat mich nicht, ach Elsie, verrat mich nicht! Denk daran, dass ich dich mit Leichtigkeit hätte fressen können. Ich könnte dich jetzt noch fressen, wenn ich wollte, aber ich tue es nicht.«

Sie war viel zu schwach und elend, um mich zu fressen. Ich tat mein Beil zurück auf den Nachttisch, deckte Großmutter wieder zu, holte frisches Verbandszeug, legte Schere und Pflaster bereit und wickelte den blutgetränkten Lappen vom Armstumpf. Großmutter hatte die Wunde schon selber in die Glut gehalten, aber nicht lange genug, dass sie sich vollständig geschlossen hätte. Ich machte ihr einen frischen Verband darum und deckte auch die Wunde auf der Schulter ab.

»Danke«, sagte Großmutter und winselte ein bisschen. Wahrscheinlich dachte sie, dass es sich jetzt sowieso nicht mehr lohnte, die Fassade aufrechtzuerhalten.

»Seit wann bist du … in diesem Zustand«, fragte ich. »Ist es passiert, als du dich um Vater gekümmert hast? Ich habe gar nicht gemerkt, dass er dich gebissen hat.«

»Kimi? Ich bitte dich … Ich bin schon seit dreißig Jahren Werwolf. Ein italienischer Hausierer hat mich mal gebissen. Seitdem gehe ich um. Aber ich habe das unter Kontrolle.«

Das behaupten immer alle Werwölfe, wenn sie erwischt werden.

»Weißt du was«, sagte Großmutter, »wir behalten das einfach für uns. Wir sagen, ich wäre mit der Hand in den Rasenmäher gekommen.«

»Du hast Rocky getötet«, sagte ich. »Ausgerechnet jetzt, wo ich mich mit ihm angefreundet hatte. Ich dachte, du magst ihn.«

»Das war ein Unfall. Eigentlich wollte ich dich fressen, jedenfalls der Wolf in mir wollte das. Zum Glück kann ich ihn ja kontrollieren. Aber es ist nicht leicht, und wie der Hund dann direkt vor meiner Nase herumgekrochen ist, hat es stattdessen ihn erwischt. Außerdem hatte der einen miesen Charakter. Ich habe von Anfang an nicht verstanden, warum du ihn unbedingt behalten wolltest. Du bist doch überhaupt nicht mit ihm zurechtgekommen.«

Plötzlich fiel es mir wie Schuppen von den Augen.

»Du hast Vater gebissen. Und Istvan Brani!«

»Ich konnte Kimi noch nie leiden«, sagte Großmutter kühl. »Er ist ein Taugenichts. Ihr seid ohne ihn viel besser dran. Und Istvan Brani war noch schlimmer. Nicht auszudenken, wenn aus ihm ein Wiedergänger werden sollte. Ich hoffe, Stepan nagelt ihn gerade mit einem Pflock in seinem Sarg fest. Ich hätte die beiden nicht beißen müssen. Wenn ich gewollt hätte, hätte ich das auch kontrollieren können. Ich wollte es bloß nicht kontrollieren. Aber ich kann das. Ihr müsst mich wirklich nicht …«

Sie verstummte und sah mich unterwürfig an. In diesem Moment klopfte es an der Tür. Ich hatte Stepan nicht so früh erwartet, aber ich war erleichtert, dass ich nun nicht mehr allein entscheiden musste, was mit Großmutter geschehen sollte.

Stepan

Der Pfarrer leuchtete mir mit einer Petroleumlampe, während ich grub. Aber als ich mit dem Spaten auf Holz stieß, stellte er die Lampe neben dem Grab ab, rannte zum Geräteschuppen und schloss sich dort ein.

»Ich kann das nicht mit ansehen«, rief er mir durch die geschlossene Tür zu. »Das ist zu gruselig. Am besten, du schaust zuerst, und wenn es erträglich ist und der Kerl sich nicht bewegt, rufst du mich, und ich komme wieder heraus.«

Ich wollte den Sargdeckel aufstemmen, aber er lag sowieso nur noch lose auf.

»Siehst du schon etwas«, rief der Pfarrer, »bewegt er sich? Hat er das Grabtuch im Maul? Pass bloß auf, dass er dich nicht anspringt.«

»Sie können wieder herauskommen«, rief ich zum Geräteschuppen hinüber, »der Sarg ist leer.«

»Leer?«

Der Pfarrer kam aus dem Schuppen, nahm die Lampe auf und hielt sie über das Grab. Nervös sah er sich nach allen Seiten um.

»Dann ist er wieder unterwegs. Hoffentlich schleicht er jetzt nicht gerade auf dem Friedhof herum.«

Im Sarg lag ein weißes Stück Leinen in der Größe eines Schnupftuchs. Ich hob es auf.

»Das ist der Rest vom Leichentuch«, sagte der Pfarrer. »Jedes Mal, wenn ich am Grab vorbeikam, habe ich gehört, wie er unter der Erde daran schmatzte. Aber jetzt braucht er wohl etwas Gehaltvolleres. Gott sei Dank gibt es im Moment keine frischen Gräber. Das war eine furchtbare Unordnung letzte Woche.«

Fragte sich nur, was Istvan Brani dann an Stelle der Leichen ausschlürfen würde. Auf einmal schien es mir keine besonders gute Idee mehr zu sein, dass Rotkäppchen bei ihrer Großmutter im Wald auf mich wartete. Ich bat den Pfarrer, mir sein Mofa zu leihen. Er besaß eine alte Velo Solex, die er wie seinen Augapfel hütete und normalerweise nur im Sommer und bei trockenem Wetter benutzte. Doch jetzt holte er sie ohne zu zögern für mich aus dem Schuppen. Sie sprang an wie eine Eins, und ich schwang mich drauf und knatterte mit gegrätschten Beinen los, pflügte durch den kniehohen Schnee mitten in den Wald hinein. Zwischendurch musste ich schieben, das heißt: Mal schob ich die Velo Solex, mal zerrte ihr Motor mich durch die Schneewehen hinter sich her, und wenn der Schnee nicht mehr ganz so hoch lag, schwang ich mich wieder darauf, und es ging flott voran. Das Licht schnitt einen scharfen gelben Keil in die Dunkelheit. Etwa einen Kilometer vor dem Haus der alten Uchatka stellte ich den Motor aus, lehnte die Velo Solex an einen Baum und ging die letzten Schritte zu Fuß. Ich wusste ja nicht, was mich erwartete. Von Weitem sah das Haus der Großmutter ganz friedlich aus. Die gelben Vierecke der beiden Fenster versprachen Wärme, Trost und Geborgenheit, und als ich näher schlich, sah ich Rotkäppchen am Tisch sitzen, vor sich einen Teller mit Gulasch, und an der Feuerstelle stand die Großmutter und hatte ihre altmodische schwarze Haube auf. Ich klopfte an.

»Herein«, rief es von drinnen, und ich trat ein. Es war ungewöhnlich kalt in der Stube. Rotkäppchen saß völlig erstarrt und sah mich mit so großen, schreckgeweiteten Augen an, dass mir sofort klar war, dass hier etwas nicht stimmte. Die Großmutter stand immer noch an der Feuerstelle mit dem Rücken zu mir und rührte im schwarzen Kessel, unter dem überhaupt kein Feuer brannte. Sie kicherte so albern vor sich hin, als hätte sie gerade einen unanständigen Witz gehört.

»Guten Abend, Großmutter Uchatka«, sagte ich. »Ich bin gekommen, um dich zu warnen. Das Grab von Istvan Brani ist leer. Kann sein, dass er sich hier in der Gegend herumtreibt, und kann sein, dass ihm sein Leichentuch nicht mehr genügt.«

Die Großmutter drehte sich um, und an Stelle des bekannten Faltengesichts mit der Brille starrte mich das

Gesicht eines Mannes an, der aussah wie sieben Wochen lang begraben und wieder ausgebuddelt.

Was wohl so ungefähr auch hinkam.

»Istvan Brani, nehme ich an«, sagte ich.

»Oh verdammt, jetzt hast du mich erwischt«, rief der Wiedergänger und riss sich die Haube vom Kopf. Er hob mit spitzen Fingern den Rock der Großmutter, tänzelte albern um mich herum und konnte überhaupt nicht aufhören zu kichern, wobei er auf ekelhafte Weise seine faulige Oberlippe hochzog und zwei lange spitze Eckzähne freilegte, während die Schneidezähne ein Stück in den Kiefer zurückgewichen schienen.

Istvan Brani war erst vor Kurzem nach Vifor gezogen. Ich kannte ihn bloß aus Rotkäppchens Erzählungen, und da hatte sich das immer so angehört, als wäre er ein Mann im Alter ihres Vaters gewesen. Doch Brani war höchstens zwanzig – das konnte selbst die Verwesung, die bereits in seinem Gesicht eingesetzt hatte, nicht verbergen. Er warf sich auf den freien Stuhl gegenüber von Rotkäppchen, zog ihr den Teller weg und beugte sich darüber, wobei ihm seine dreckigen schwarzen Haare ins Gesicht fielen. Friedhofserde bröckelte auf den Tisch. Brani schlürfte und schmatzte, ohne einen Löffel zu benutzen. Ich erkannte jetzt, dass das auf den Tellern kein Gulasch war, sondern rohe Fleischbrocken, die in keiner anderen Soße schwammen als in rotem Blut. Nachdem der Wiedergänger geraume Zeit geschlürft hatte, warf er seine zottelige Mähne nach hinten und zeigte mit einem langen, gelben

Fingernagel auf Rotkäppchen, die immer noch regungslos und weiß wie eine Wand auf den Tisch starrte.

»Nun schau dir die Schlampe an – ...«, sagte er, » ... will das Fleisch ihrer Großmutter nicht essen.«

»Du hast mir nicht erzählt, dass Istvan Brani so jung war«, sagte ich böse zu Rotkäppchen. »Gibt es vielleicht noch etwas, das ich wissen sollte?«

»Dass ich so jung bin«, verbesserte Brani, stand auf und stellte sich hinter Rotkäppchens Stuhl. Er legte ihr eine Hand auf die Schulter und schabte mit den gelben Krallen zärtlich über ihren Hals. Als Rotkäppchen sich wegdrehen wollte, bohrte er ihr seine Fingernägel ins Fleisch und zog sie an sich.

»Hat sie dir nicht erzählt, dass sie meine Braut ist? So ein verlogenes Biest. Aber wir haben sie trotzdem gern, nicht wahr?«

Er zwinkerte mir zu, dann rauschte er im Kleid der Großmutter zur Feuerstelle, drückte sich an die Wand und glitt wie eine Eidechse im Inneren des Schornsteins hoch. Einen Augenblick später kam er die senkrechte Schornsteinwand wieder heruntergekrochen – mit dem Kopf voran. Das Großmutterkleid war ihm bis über die Schultern gerutscht. Darunter trug er seinen schmutzigen Beerdigungsanzug. Er hatte einen großen Leinensack dabei.

»Lass uns darum kegeln, wer das Mädchen kriegt.«

Brani sah nicht aus wie jemand, der sich an Spielregeln hielt, aber das hatte ich auch nicht vor.

»Sind da Kegel drin? Dann bin ich dabei.«

In diesem Moment öffnete Rotkäppchen zum ersten Mal den Mund.

»Istvan war Jugendkreismeister im Kegeln.«

»Egal«, sagte ich. »Wenn's einfach wäre, würde es ja auch keinen Spaß machen.«

»Das ist die richtige Einstellung«, rief der Wiedergänger und schüttete den Sack aus. Ein Haufen Knochen und zwei Schädel fielen heraus.

»Hab ich vom Friedhof mitgebracht.«

Er stellte die Knochen, bei denen es sich um neun an einem Ende abgeplattete Oberschenkelknochen handelte, in der Feuerstelle auf und räumte quer durch die Stube eine Bahn frei.

»Acht Meter, mehr ist leider nicht drin«, sagte Brani, »aber durch den unebenen Belag wird es trotzdem spannend.«

Er drückte mir einen Schädel in die Hand. »Jeder hundert Wurf. Wenn du gewinnst, lass ich dich mit Rotkäppchen ziehen. Wenn du verlierst, nehme ich sie mit in meinen Sarg.«

»Das klingt nur fair«, sagte ich, »aber Rotkäppchen muss die Liste führen, damit es nachher keinen Streit gibt.«

Gleich mit dem ersten Wurf räumte ich neun Knochen ab. Brani sah mich verblüfft an und stellte die Kegel wieder auf. Aber dann kegelte auch er alle Neune und mit dem nächsten Wurf auch und dem übernächsten und überhaupt fast jedem Wurf. Und bei mir waren die Ergebnisse doch eher durchwachsen. Und nach zwanzig Würfen stand es schon 168 zu 114, obwohl Rotkäppchen bereits zu meinen Gunsten geschummelt hatte.

»Es liegt an den Schädeln, die schüppeln nicht richtig«, sagte ich, »Kegeln ist schließlich eine Präzisionssportart.«

»Tja«, sagte Brani, »da hast du wohl recht. Aber was soll man machen? Auf die Schnelle habe ich nichts Besseres gefunden. Wenn du möchtest, können wir die Schädel ja tauschen.«

»Ich wüsste schon Hilfe«, sagte ich. »Im Schuppen der alten Uchatka steht noch eine Drehbank. Da können wir die Schädel schön rundschleifen, und dann wirst du sehen, wer der bessere Kegler ist.«

Istvan ging mit mir in den Schuppen. An einem Balken hing die alte Uchatka, an ihren Füßen aufgeknüpft und säuberlich und der Länge nach in zwei Hälften geteilt. Ich tat, als würde ich sie gar nicht sehen, packte die Schädel auf die Drehbank und verpasste ihnen den nötigen Schliff.

Dann kegelten wir weiter, und als wir Rotkäppchen beim fünfzigsten Wurf nach dem Zwischenstand fragten, stand es 438 zu 370 – und die 370 hatte ich auch bloß, weil Rotkäppchen hemmungslos betrog.

»Es liegt an deinen langen Fingernägeln«, sagte ich zu dem Wiedergänger. »Die geben dem Schädel einen Drall, dass er zwischen den Kegeln hin und her flitzt wie ein Kreisel, aber mit Kegeln hat das nicht mehr viel zu tun.«

»Du kannst wohl nicht verlieren«, lachte Brani. »Aber wenn du darauf bestehst, werde ich sie abschneiden. Auch wenn es für einen Wiedergänger eine Schande ist, mit kurzen Fingernägeln erwischt zu werden.«

»Nein«, sagte ich, »ich will das tun. Ich feile sie dir an der Drehbank rund. Sonst fällt dir ja doch bloß wieder eine Schummelei ein.«

»Mach das«, sagte Brani, »es wird dir ja doch nichts nützen.«

Also gingen wir noch einmal in den Schuppen und stellten uns vor die Drehbank.

»Wie soll das denn jetzt bitte funktionieren«, sagte Brani und hielt mir seine dreckigen Hände mit den langen Klauen hin. Ich öffnete mit einer Hand den Schraubstock, tat, als würde ich nach einer Feile suchen, und bat ihn so beiläufig wie möglich, die Fingernägel in den Schraubstock zu stecken.

»Gleich beide Hände. Das spart Zeit«, sagte ich, und kaum war er dem nachgekommen, zog ich den Schraubstock fest zu.

»Oh, du Hund«, rief Brani, der im selben Moment merkte, dass ich ihn gefangen hatte. Ich griff mir ein langes Eisenrohr, das ich mir schon bei unserem ersten Besuch im Schuppen ausgespäht hatte, und prügelte damit auf ihn ein.

»Was hast du mit Rotkäppchen gehabt«, brüllte ich. »Hast du mit ihr geschlafen? Sag ja nicht, dass du mit ihr geschlafen hast, sonst breche ich dir jeden Finger einzeln.«

»Hab ich nicht, hab ich nicht«, heulte Istvan Brani. »Wir sind gar nicht verlobt. Sie hat mich bloß gepflegt, als ich krank war. Schlag mich nicht mehr, ich bin doch schon tot. Was willst du mehr? Toter als tot geht nicht.«

»Doch«, sagte ich. »Ich will, dass du in deinem verdammten Grab bleibst und dich nicht von der Stelle rührst, bis die Engel der Apokalypse ihre Posaunen blasen.«

Aber dafür musste ich ihm erst noch den Kopf abschlagen. Die Touristen denken immer, man tötet einen Wiedergänger, indem man ihm einen Pflock durchs Herz treibt. Aber das tut man bloß, um ihn in seinem Sarg festzunageln. Um ihn ein für alle Mal zu töten, muss man seinen Kopf abschlagen und sein Herz in Stücke hacken und verbrennen. Ich suchte bei dem Balken, an dem die beiden Hälften von Großmuter Uchatka hingen. Dort musste schließlich auch irgendwo eine Axt herumstehen. Währenddessen schaffte es Brani, seine linke Hand zu befreien, indem er sich die Nägel einen nach dem anderen aus dem fauligen Fleisch riss. Als ich die Axt endlich gefunden hatte, sah ich gerade noch, wie er den Schraubstock aufdrehte. Er rieb sich die Handgelenke und starrte mit entblößten Eckzähnen zu mir herüber. Dann sackte er plötzlich über der Drehbank zusammen. Ein kleines Beil steckte in seinem Hals, und es war Rotkäppchen, die dieses Beil hielt. Mit drei Schritten war ich bei ihr, sie trat zurück und ich trennte Istvan Branis Kopf mit der Axt vom Leib. Eine Menge Blut sprudelte aus seinem Hals, denn er hatte erst kurz zuvor die alte

Uchatka ausgesaugt. Ich ließ ihn vollständig ausbluten, dann öffnete ich seine Brust und schnitt das Herz heraus.

»Wo ist eigentlich Rocky?«, fragte ich. »Hat sich die feige Töle verdrückt?« Rotkäppchen schüttelte bloß den Kopf und ich hakte nicht weiter nach. Wir gingen zurück ins Haus, und während ich das Herz in kleine Stücke hackte, machte Rotkäppchen ein Feuer, und als das Feuer hell brannte, warf ich das Herz hinein.

»Damit ist die Verlobung ja wohl aufgehoben«, sagte ich. »Du warst doch nicht wirklich mit ihm verlobt, oder?«

Rotkäppchen schnaubte verächtlich. »Du hast gar kein Recht, eifersüchtig zu sein. Du hast mit Istvan um mich gekegelt, und du hattest noch nicht mal Angst, gegen ihn zu verlieren. Du bist auch nicht besser als meine Familie.«

»Bin ich wohl«, sagte ich. »Bei mir ist es ein wissenschaftlich beschriebenes Krankheitsbild. Deine Familie ist einfach bloß gemein. Außerdem behauptet meine Therapeutin immer, dass meine Eifersucht der Beweis dafür sei, dass ich doch Angst empfinden könne – Verlustängste oder so.«

»Still«, sagte Rotkäppchen und legte mir einen Finger auf den Mund. »Du darfst jetzt keine Angst haben.«

Sie schob einen Ärmel hoch und zeigte mir eine kreisrunde Wunde.

»Da hat Großmutter mich noch schnell gebissen, bevor Istvan sie in den Schuppen zerrte.«

»Herrje«, sagte ich, »das ist doch nicht zu fassen. Was ist bloß mit den Leuten in deiner Familie los?«

»Sie hat es für mich getan«, sagte Rotkäppchen. »Großmutter ist ein Werwolf und sie hat es getan, damit ich auch ein Werwolf werde und mich gegen Istvan Brani verteidigen kann. Aber es hat nicht funktioniert. Jedenfalls nicht sofort. Du weißt, dass es jederzeit ausbrechen kann?«

Ich nickte. Rotkäppchen nahm ihre rote Kappe ab und knetete sie in den Händen. Die schwarzen Locken quollen ihr über die Schultern.

»Wäre das ein Problem für dich? Ich meine, … wenn ich anfange umzugehen.«

»Ach was«, sagte ich. »Dann brauchen wir später eben getrennte Schlafzimmer. Ich lege nachts den Riegel vor, und wenn es scharrt und winselt und eine graue Schnauze sich in dem Spalt unter der Tür zeigt, kriegst du einen drauf.«

»Es ist gut, dass du keine Angst hast«, sagte Rotkäppchen. »Ich wüsste sonst nicht wohin.«

»Ich brech die Therapie ab«, sagte ich, »macht ja jetzt keinen Sinn mehr.«

Elsie beugte sich vor und warf endlich die blöde Kappe ins Feuer.

Die grimmigen Initialen zu Beginn der Märchen wurden eigens für diesen Band von **Kat Menschik** gefertigt.

Vorfassungen folgender Märchen wurden bereits veröffentlicht:

> Die Froschbraut, erstmals in *Vogue* (Deutschland), Nr. 12/2005
>
> Zwergenidyll in *Süddeutsche Zeitung*, Nr. 127, Pfingsten 3., 4., 5. Juni 2006, Literatur/Wochenende, Seite VII
>
> Der geduldige Prinz in *Park Avenue*, Nr. 7, Juli 2006
>
> Bruder Lustig in *Süddeutsche Zeitung Magazin*, Nr. 51, 23. Dezember 2010.

Für dieses Buch wurden sie überarbeitet, ergänzt, auf den Kopf gestellt, geschliffen und poliert.

Grrrimm gibt es auch als Hörbuch bei roofmusic/tacheles!, mit Ina Müller, Bastian Pastewka und Karen Duve als Vorlesern.

Karen Duve,

1961 in Hamburg geboren, lebt heute mit ihrer englischen Bulldogge, zwei Hühnern und einem Maultier auf dem Land. Bereits ihr Prosadebüt »Regenroman« (1999) war ein sensationeller Erfolg wie auch der darauffolgende Roman »Dies ist kein Liebeslied« (2002). Beide stürmten die Bestsellerliste und wurden in 13 Sprachen übersetzt. Die Presse feiert die Erzählerin als »Ausnahmetalent unter den Autoren ihrer Generation« (Stuttgarter Zeitung) und als »ungewöhnliche Sprachakrobatin, die Metaphern zielsicher setzt und komische Effekte am Fließband produziert« (Neue Züricher Zeitung), bei der »Witz und Schärfe ganz nah beieinander liegen« (WDR 2).

Mehr von Karen Duve:

Dies ist kein Liebeslied. Roman
Die entführte Prinzessin. Roman
Anständig essen. Ein Selbstversuch

GOLDMANN
Lesen erleben

JAN COSTIN
WAGNER

Tage des
letzten Schnees

Roman

Galiani
Berlin

Roman. Euro 19,99 (D)

»Ein Roman wie eine perfekte Schneeflocke.« *Die Welt*

»Filmisch präzise, bildstarke Szenen, knappe,
kraftvolle Dialoge.« *Spiegel Online*

»Wagners Romane werden zu den besten
Skandinavien-Krimis überhaupt gezählt.« *Focus*

www.galiani.de

Um die ganze Welt des
GOLDMANN Verlages
kennenzulernen, besuchen Sie uns doch
im **Internet** unter:

www.goldmann-verlag.de

Dort können Sie
nach weiteren interessanten Büchern *stöbern*,
Näheres über unsere *Autoren* erfahren,
in *Leseproben* blättern, alle *Termine* zu Lesungen und
Events finden und den *Newsletter* mit interessanten
Neuigkeiten, Gewinnspielen etc. abonnieren.

Ein *Gesamtverzeichnis* aller Goldmann Bücher finden
Sie dort ebenfalls.

Sehen Sie sich auch unsere *Videos* auf YouTube an und
werden Sie ein *Facebook*-Fan des Goldmann Verlags!

www.goldmann-verlag.de
www.facebook.com/goldmannverlag

GOLDMANN
Lesen erleben